山东文化体验廊道故事丛书·上编

齐长城
历史文化故事

QICHANGCHENG LISHI
WENHUA GUSHI

总编纂　王志民
主　编　巩曰国

山东文艺出版社

图书在版编目（CIP）数据

齐长城历史文化故事 / 巩曰国主编. — 济南：山东
文艺出版社，2023.9

（山东文化体验廊道故事丛书）

ISBN 978-7-5329-6904-3

Ⅰ.①齐… Ⅱ.①巩… Ⅲ.①历史故事—作品集—
中国 Ⅳ.①I247.8

中国国家版本馆CIP数据核字（2023）第103128号

齐长城历史文化故事
QICHANGCHENG LISHI WENHUA GUSHI

总编纂 王志民　　主编 巩曰国

主管单位	山东出版传媒股份有限公司	
出版发行	山东文艺出版社	
社　　址	山东省济南市英雄山路189号	
邮　　编	250002	
网　　址	www.sdwypress.com	

读者服务	0531-82098776（总编室）
	0531-82098775（市场营销部）
电子邮箱	sdwy@sdpress.com.cn

印　　刷	山东临沂新华印刷物流集团有限责任公司
开　　本	880毫米×1230毫米　1/32
印　　张	7
字　　数	150千
版　　次	2023年9月第1版
印　　次	2023年9月第1次印刷
书　　号	ISBN 978-7-5329-6904-3
定　　价	59.00元

前　言

　　党的二十大报告明确提出："坚守中华文化立场，提炼展示中华文明的精神标识和文化精髓，加快构建中国话语和中国叙事体系，讲好中国故事、传播好中国声音，展现可信、可爱、可敬的中国形象。"习近平总书记在文化传承发展座谈会上深刻指出，要在新起点上继续推动文化繁荣、建设文化强国、建设中华民族现代文明。编纂出版《山东文化体验廊道故事丛书》（以下简称《丛书》）是深入学习贯彻党的二十大精神和习近平总书记重要指示精神，贯彻落实山东省委、省政府关于打造文化"两创"新标杆部署要求的重要举措，是立足山东文化资源优势，以沿黄河、沿大运河、沿齐长城、沿黄渤海和沿胶济铁路等文化体验廊道为轴线，以各市文化体验廊道建设为着力点，撷取历史文化精华的大型普及性学术工程，是在新的历史起点上讲好山东故事、坚定文化自信、推动文化繁荣、促进文旅结合的重点文化项目。

　　山东，古称"齐鲁之邦"，是中华文明最重要的发源地之一。奔流的黄河由山东入海，齐鲁大地是黄河文明的核心区域之一。巍峨屹立的泰山，自古以来就是历代帝王封禅之地，是中国东方上层文化的活动中心，1987年被联合国教科文组织列为中国第一个世界文化、自然双重遗产。黄渤海环绕的山东半岛是全国最大的半岛，漫长海岸线形成了丰厚的海洋文化资源，一直是中国北方海上丝绸之路的重要门户。山东又是伟大思想家、教育家孔子和孟子的故乡，是儒家文化的发源地，是中国人乃至全球华人、华裔心中的"圣地"。在被称为中华文明"轴心时代"的春秋战国时期，齐鲁是中华文明的"重心"所在：诸子百家，多出齐鲁；儒墨显学，独领风骚。齐国故都临淄，是当时最大的工商业都城，被国际足联命名为"足球起源地"；这里诞生了中国历史上最早的大学堂——稷下学宫，是诸子百家争鸣的学术文化中心；齐长城西起济水，东到大海，蜿蜒于泰沂山脉，全长一千余里，是现存最早的有准确遗迹可考、保存状况较好的古代长城；被列为世界文化遗产名录的京杭大运河，纵贯山东南北，极大影响了元明清以来山东地区的经济文化发展，鲁西沿岸城市带的崛起，成为中国南北文化交流融合的运河明珠，见证了山东地区社会文化的隆替嬗变。近代以来，随着烟台、青岛等沿海城市的崛起和胶济铁路的修筑，山东成为中西文化交流、冲突、碰撞、融合的核心地区之一，收回青岛主权成为"五四"爱国运动的导火索。革命战争年代，山东党政军民用生命和鲜血凝聚而成的"党群同心、军民情深、水乳交融、生死与共"的"沂蒙精神"，是齐鲁优秀文化、伟大建党精神与中国共产党领导的人民革命英雄主义精神的集中体现，是对山东境内沂蒙、胶东、渤海、鲁西（冀鲁豫边区）

等抗日革命根据地红色文化、革命精神的集中凝练和概括，与延安精神、井冈山精神、西柏坡精神等一起成为中国共产党人精神谱系的重要组成部分。齐鲁文化在中华文明发展中的特殊地位，山东地区源远流长、丰富厚重的文化资源，坚定文化自信和自觉的历史责任担当是我们举全省之力编纂《丛书》的内在动力。

《丛书》以国家文化公园建设为引领，以落实文化"两创"、推动"两个结合"为宗旨，以推动全省及各市文化建设为目标，是具有权威性、故事性、可读性、趣味性的历史故事集成，是一套可携带、可利用、可转化的文化读本。《丛书》分为上、下两编，上编16本，围绕"四廊一线"文化体验廊道、八大文化传承发展片区展开。"四廊一线"构筑的沿黄河、沿大运河、沿齐长城、沿黄渤海、沿胶济铁路的文化交通线纵横交错，相互联系又各具特色，其特点是以脍炙人口的故事形式联通"四廊一线"的人物事迹、重点景区、遗址遗迹等，厚植文化体验廊道的思想内涵和文化底蕴。八大文化传承发展片区，既涵盖了沂蒙、渤海、鲁西、胶东四大红色文化片区，又吸收了泰山文化、儒学文化、齐文化作为重要支撑，演奏出山东历史文化、革命文化、社会主义先进文化的时代交响。下编16本，紧紧围绕各地市优势和特色展开，主要记述本地区历史故事、文化遗址与人文景观、非物质文化遗产等内容，是推动文化廊道落地、推进片区文化建设、增强文化认同、深化文旅体验的重要载体。

《丛书》由山东省委常委、宣传部部长白玉刚统筹谋划和指导，省委宣传部专门组建学术编纂委员会负责具体实施，省直各有关部门和各市委宣传部给予大力支持配合，省内相关高校、研究机构和各市有关单位共100余位专家学者积极参与，历经酝酿策划、启动实施、提纲设计、样稿研讨、通稿审稿、编辑出版等六个阶段。2022年以来，省委、省政府先后印发《关于打造中华优秀传统文化"两创"新标杆行动计划（2022—2025年）》《关于建设文化体验廊道推动文旅融合高质量发展的实施计划（2023—2025年）》，全方位挖掘展现山东人文沃土可以深度耕作的比较优势，为《丛书》编纂做好了思想、学术和组织准备。具体编纂过程中，省委宣传部专门印发《关于做好〈丛书〉编纂工作的指导意见》，统一思想认识，作出全面部署。编委会以线上线下形式，多次召开全体会议和分组专题会议，狠抓三个重要工作节点：**一是审定编撰提纲。**通过反复研讨、交流、修改、会审等形式逐一审定编写提纲，最大程度保证全书质量。**二是树立样稿典型。**集中力量撰写、反复研讨修改，确定分类样稿，做好典型导引。**三是全力做好通稿统审。**采用主编初审、各卷主编交流互审、学术专家主审、首席专家终审等层层把关、集中审查、反复修改的方式提高稿件质量。

回顾《丛书》编纂工作，始终注意把握好以下四个方面：**一是坚定文化自信。**通过挖掘历史资料、开发历史资源、恢复历史场景等形式，获取文化营养，坚定文化自信。**二是助推文化自觉。**通过传承弘扬优秀传统文化、红色文化、社会主义先进文化，深入挖掘历史先贤和革命先烈的伟大事迹，推动文化自觉，与培育践行社会主义核心价值观有机结合。**三是落实文**

化"两创"。精选真实历史故事，注重挖掘故事背后的文化内涵，推动齐鲁优秀传统文化在新时代创造性转化和创新性发展，推进文化自信自强。**四是服务文旅融合。**借助故事、景观、遗址、非遗讲解词、短视频等融媒体形式，让广大读者在区域文化旅游、廊道文化体验中感受中华文化的博大精深，增强民族自豪感和自信心。

在内容撰写上注重四个结合：**一是与廊道体验相结合。**突出廊道建设概念，以故事为纬线，以时代发展为轴线，通过富有魅力的故事讲述，展示历史人物、景观、史实，引领读者体验传统文化的恢宏气势和博大精深。**二是与景观建设相结合。**以真实动人的故事为景观建设提供重要的历史资源和文化依据，通过一个个精品景观建设展示历史故事的丰富内涵和当代价值。**三是与文物保护相结合。**通过讲述历史故事，让广大读者进一步了解相关文物、遗址的历史文化价值，提升文物保护意识，推动群众性文物保护工作再上新台阶。**四是与媒体利用相结合。**立足于故事转化，使故事成为各类媒体传播的重要基础、蓝本和素材，成为廊道文化、片区文化讲解、传播的重要学术依据和资料来源。

《丛书》的编纂出版，是普及、传播优秀传统文化，推动文化"两创"的新尝试。衷心希望广大读者通过阅读本书，吸收丰富文化营养，多提宝贵修改意见。

编者

2023 年 8 月

导　语

　　说起长城，人们就会想到雄伟壮观的八达岭长城，那是明长城的一部分，也会想到当年秦始皇修建的西起临洮、东到辽东的万里长城。实际上，早在春秋战国时期，一些诸侯国就已经修筑了长城，其中，齐长城是我国有遗迹可考的修筑年代最早的长城。1987年，齐长城作为中国长城的重要组成部分，入选世界文化遗产名录。2001年，国务院公布齐长城遗址为第五批全国重点文物保护单位。

　　齐长城是什么时候开始修建的，文献记载与考古发现都没有提供确切的证据。一般认为发生于公元前555年的一场大战促使齐国修建了长城。这年，以晋国为首的十二个诸侯国的联军，从济水与泰山西北山地之间的"济左走廊"进攻齐国。齐灵公亲临西南边陲重镇平阴（今山东济南市长清区孝里镇大街村西），下令在济水堤防通道"防门"挖掘堑壕，构建军事防线，这就是《左传》中记载的"堑防门而守之"。"防门"究竟在什么地方，现在还是未解之谜。"堑防门"这个工程引发了齐长城的修建。

根据清华大学收藏的竹简《系年》可知，到齐宣公十五年（前441），齐长城已经沿齐国南部山区绵延到了大海。在齐威王（前356—前321）、齐宣王（前320—前302）统治时期，又不断完善，最终修建完成。

先秦时期，楚、赵、魏、秦、燕、中山等诸侯国也修筑了长城。这些长城多是在齐长城的影响下修建的，比齐长城修筑的年代要晚。有些人认为，楚国的"方城"是最早的长城。但汉代以来的许多学者，如高诱、韦昭、杜预、郦道元、姚鼐等，都认为史书中记载的楚国的"方城"并不是真正的长城。景爱著的《中国长城史》中也认为"方城"不是长城，楚长城是战国中后期楚怀王或楚顷襄王时期修建的。所以，齐长城是我国最古老的长城，堪称"中国长城之父"。

齐长城的西端在今天的济南市长清区孝里镇广里村北，沿泰山北麓向东，跨越鲁山、沂山、五莲山、小珠山等主要山系，东到青岛市黄岛区的东于家河村，途经济南、泰安、淄博、潍坊、临沂、日照、青岛七个地级市下辖的长清、肥城、岱岳、泰山、历城、章丘、莱芜、博山、淄川、沂源、临朐、沂水、安丘、莒县、诸城、五莲、黄岛等十七个县（区、市）。

齐长城全长641.32公里，除主线外，还有支线和复线。根据《齐长城资源调查工作报告》，齐长城有一条支线，即肥城段支线；有两条复线，即青石关复线和穆陵关复线。肥城段支线是从长清的三岔沟至肥城的连环山。青石关复线是由樵岭前南山，向东经青石关至原山。穆陵关复线是由临朐、沂水交界处的柠根腿东山向东南，经朱家峪东山，过穆陵关，向东至三楞山，与北侧由安丘方向延伸而来的主线相接。

齐长城是军事防御工程，其主线、复线和支线共同组成了齐国西南面、南面、东南面的防御屏障。春秋战国时期，齐晋争霸，越楚势力北上，赵魏不断侵扰，齐长城为守御齐国疆土安全发挥了重要作用，苏秦、张仪等战国策士就反复强调齐国"长城、钜防，足以为塞"。齐长城是全线防御的典型代表，体现了保家卫国、守望和平的精神，深刻影响了我国筑城自守的和平主义文化传统。

齐长城是齐国人民勤劳智慧的结晶，是齐文化的重要代表。齐国人民在修筑齐长城的过程中因地制宜，在选址与布局上遵循了"因地形，用制险塞"的理念，或者沿山岭修建，或者用山险代替长墙，将长墙、关隘和山水地形结合在了一起。在建筑方式上，根据所过之处地质的不同，灵活运用了毛石干垒、土石混筑、土坯垒砌等修筑方法，节约了人力物力资源，体现了《管子·乘马》篇中齐国"因天材，就地利，故城郭不必中规矩，道路不必中准绳"的建筑理念，反映了齐文化务实、尚智的精神。

齐长城是现存最大的齐文化物质载体。秦始皇吞并六国、统一天下后，齐长城失去了原有的功用，在漫长的岁月中不断出现残损。不过，齐长城多沿山修建，所处位置较为荒僻，人为因素破坏较少，有些关隘后世又有重修，因此留下了较多的遗址遗迹。国家文物局《关于山东省长城认定的批复》（文物保函〔2012〕949 号）认定齐长城遗址遗产总量为 260 处，包括墙体、壕堑、山险、烽火台（烽燧）、关、堡六大类，其中墙体198处、山险45处、壕堑1处（长清的岚峪西北壕堑）、烽火台（烽燧）8处（莒县的大店子烽火台，黄岛的于家河烽火台，长清的万南烽火台，历城的葫芦套南山烽燧、白家庄东山烽燧、梯子山西烽燧、梯子山烽燧，临朐的小关烽燧）、关7处（章丘的天门关、北门关、锦阳关、黄石关，莱芜的东门关，博山的风门道关，沂水的穆陵关）、堡1处（莱芜的青石关关堡）。在先秦各诸侯国长城中，齐长城遗存最多。从山东来看，齐长城是齐鲁大地体量最大的古建筑文化遗产。

齐长城穿行于山东中部，从内陆到海滨绵延千余里，串联了众多的自然景观、文化景观及城镇、村落。齐长城沿线自然景观多样，人文景观丰富，拥有多处自然保护区、风景名胜区、森林公园、矿山公园和地质公园，众多的历史文化遗存被列为国家、省级重点文物保护单位。沿线保存有大量的风貌完好的古村落，属于山东省传统村落集聚区。齐长城沿线还留下了许多与之有关的名人轶事、民俗节庆、民间传说等文化遗产，孟姜女哭长城的故事的源头就在齐长城。中国共产党很早就开始在齐长城沿线活动了，抗日战争和解放战争期间，在长城沿线组织了多次可歌可泣的战斗，留下了宝贵的红色文化资源。不同时期、不同类型的文化资源，共同构成了动态、多元的齐长城文化遗产群。

长城是中华民族伟大力量的象征，也是旅游观光的胜地。长城凝聚了中华民族自强不息的奋斗精神和众志成城、坚韧不屈的爱国情怀，已经成为中华民族的代表性符号和中华文明的重要象征。2019 年 8 月，习近平总书记在甘肃考察时指出："要做好长城文化价值发掘和文物遗产传承保护工作，弘扬民族精神，为实现中华民族伟大复兴的中国梦凝聚起磅礴力量。"《中国长城保护报告》提出，要弘扬长城精神，充分发挥长城在传承和弘扬优秀传统文化中的独特作用，筑牢中华民族精神的伟大长城。2019 年 12 月，中共中央办公厅、国务院办公厅印发了《长城、大运河、长征国家文化公园建设方案》，启动了长城、大运河、长征沿线、黄河与长江国家文化公园的建设，长城国家文化公园位居五大国家文化公园之首。齐长城是中国早期长城的典型代表，是我国长城文化遗产的重要组成部分，是山东长城国家文化公园建设的基本载体。

齐长城丰厚的文化遗产背后蕴含着许多动人的故事。本书通过一个个鲜活的故事，介绍齐长城的关隘、城堡及沿线历史名人、重要事件、古老村落、民间传说，反映齐长城的历史与功能，呈现齐长城丰富的文化内涵。希望本书的编写，能够为弘扬长城精神、彰显中华优秀传统文化的持久影响力、坚定文化自信、激发爱国情怀、促进文旅融合、助力乡村振兴发挥积极作用。

目　录

一

风雨沧桑：齐长城的营建

齐长城沿线不仅留存着大量的物质文化遗产，而且形成了独特的风土民情，流传着许多历史传说和动人故事，是极其珍贵的非物质文化遗产宝库。在齐长城沿线流传的所有传说和故事中，与齐长城的营建有关的最具史料价值。它们表面上看起来玄幻离奇，实则反映了齐长城营建过程中的诸多历史事实。比如，齐长城的起点和终点的确切位置在哪里？齐长城的原始功能是什么？齐长城哪些段落是以山险代墙，哪些段落是后世加建，哪些段落既有主线又有复线？我们都可以从传说和故事中找到答案。通过传说和故事，我们还可以体会到古人在营建齐长城时那种既艰苦卓绝又灵活变通的奋斗精神。传说和故事是一面镜子，使我们可以从另一个侧面揭开齐长城的神秘面纱，了解齐长城的身世之谜。

1. 南修长城挡大水

　　提到齐长城，人们往往会问，为什么要修建齐长城？

　　齐长城最早是从位于今济南市长清区的齐国西南边境重镇平阴开始修建的。关于齐长城的修建，当地老百姓有着自己的理解。老百姓说，当年修长城的时候，一共修了两道长

齐长城始点标识（李超摄）

城，一道是北方草原上的长城，一道就是山东地界的齐长城。为什么要修建南北两道长城呢？老百姓解释说："北修长城挡大兵，南修长城挡大水。"这就把齐长城和防御水患的水利工程联系在了一起。

老辈人说，济南长清的万德在古代叫作"碗底"，因为它地势很低，周边三面都是高山，像碗底一样。万德旁边有一条大河，现在叫"北大沙河"，雨季的时候河水经常灌入万德，当地经常闹水灾。所以防御水患就是当地的头等大事。当地流传着一个"水淹金山县"的传说。

早先的时候，万德叫作"金山县"。那里有个老婆婆，她的两个儿子都出工去修长城了。到了腊月，老婆婆决定去给儿子送棉衣。因为家里穷，老婆婆只做出一件棉衣，送给哪个儿子穿呢？走在路上，老婆婆犯难了。这时候，秦始皇看到了犯难的老婆婆，就故意说："哎呀，秦始皇真不是好人，让老百姓遭这么大的罪。"老婆婆却说："话可不能这么说。他修长城，一是为了防止大兵打过来；一是为了防洪水。他是为了让咱们老百姓过上安稳的日子。要我说，秦始皇还真是贤明呢。"听了这话，秦始皇非常高兴，就下了一道圣旨，免除了金山县百姓的修长城工役。金山县的百姓很高兴，把秦始皇奉为神仙。结果，老天爷不高兴了，就发了一场大洪水，把金山县给淹没了。等洪水退去后，金山县就成了一片废墟。

老百姓把修齐长城之事归在秦始皇的名下是不符合历史事实的。但是，他们用"防洪水""挡大水"来解释齐长城的修筑原因，说明齐长城的修建与水利工程有关。《左传》中记载，公元前555年，齐灵公在平阴"堑防门而守之"，下令在济水堤防通道筑"防门"，挖掘堑壕，构建军事防线。一般认为，齐灵公"堑防门"这个工程带动了齐长城的修建。

2. 铁牛上树，逢广就住

在济南市长清区一带，流传着"扁担开花，铁牛上树，逢广就住"的传说。传说是这样的：

齐长城的修筑任务繁重，民工们苦不堪言，便问监工长城修到哪里才是个头。监工随口回答道："扁担开花，铁牛上树，逢广就住。"扁担怎么能开花呢？铁牛又怎么能上树呢？绝望的民工们只能一直向西修去。

一天，修长城的民工们忽然看见一个赶集的人挑着扁担，扁担头上插着一朵花。又听见一个妇人对一个爬到大树上的顽童高喊道："铁牛上树干什么？快回家吃饭！"民工们赶忙询问当地人道："这是什么地方？"当地人回答说："广里。"民工们非常高兴，这不正应了"扁担开花，铁牛上树，逢广就住"的说法吗？于是请求监工停止修长城。监工只好下令停工。因此，广里就成了齐长城的终点。

在泰安市肥城一带，也流传着"铁牛上树，逢广就住"的传说。传说是这样的：

战国时期，齐王为了防御外敌入侵，强征全国的青壮年劳力修筑齐长城，还派出军队监管修筑长城的民工们。尽管民工们拼命地干活，但齐王还是嫌长城修得太慢。为了让民工们晚上也能修长城，齐王就造出了咬人的蚊子。修长城的民工们晚上被蚊子咬得没法睡觉，只好起来继续干活。齐王还嫌修长城的民工们吃得多，又造出了下蛆的苍蝇。苍蝇爬到干粮上下蛆后，民工们看见就恶心，吃的饭也就变少了。

就这样，民工们没日没夜地修长城，吃不饱饭，睡不好觉，死了一批又一批。修长城，长城长，受苦受难的民工们修到什么地方才是个头呢？监工把民工们的这个问题报告给了齐王。齐王想了想，诡诈地说："铁牛上树，逢广就住。"监工宣告了齐王的旨意，说："你们就一直往前修吧，修到铁牛上了树，再逢到广，就算修到头了。"民工们没有办法，只好一天又一天地修下去。

这一天，民工们把长城修到了一个小山村。中午的时候，民工们看见一个小孩爬到一棵大榆树上捋榆钱儿。这时一个妇女站在门口喊道："铁牛，回家吃饭吧！"民工们问这个叫铁牛的小孩："这里是什么村？"小孩说："这个村叫广里村。"

修长城的人群中忽然有一个人喊道："铁牛上树，逢广就住，这长城修到头了！"民工们都明白过来，纷纷扔下工具，呼啦啦全散了。

所以，齐长城的终点就是广里村。

3. 钉头崖传说

在泰山西北麓长清区与泰山区交界的地方，有座海拔为八百米的山峰，叫"钉头崖"。传说当年长城修到这个地方就再也修不上去了，监工便对民工们又打又骂。但是山太高太陡了，不要说搬运石头，就是空着手都很难上去。领工的人无论如何也完不成任务，于是监工就把他们斩了，把他们的头颅用钉子钉到了山壁上，以此威胁那些修长城的人。

济南长清钉头崖段（李超摄）

但长城始终也没修上去，只修到了悬崖峭壁下。从此，这座山就叫"钉头崖"，之后就有了"长城修到钉头崖，一降四十里"的说法。意思是说，长城修到这里，后面四十里全是高山峻岭，所以没有再修长城，而是以山险代城。

传说几十年前，人们还在"钉头崖"上见过大大的铁钉，铁钉只是晃荡就是掉不下来。后来被人用铁锤敲了下来，如今就只剩下一个个石窝子了。

4. 妇山岭上的石人

淄川槐峪村附近有一座山岭，古代的时候叫"望夫岭"，现在叫"妇山岭"。岭上立着一个一米半高的石人，两眼望着遥远的大路。这里面有一个动人的传说。

相传春秋时期，齐庄公调动千军万马修筑长城，每户人家三丁抽一，征集民夫。抓丁官兵来到槐峪村，掳去很多人。村里有个叫夏兴的青年，他家三代单传，家里有七十多岁的老父老母，老母亲还双目失明。夏兴娶李彩凤为妻不满一个月，就遇上了官兵上门抓人。夏兴说："我家三代单传，还有老父老母，全靠我养活。根据告示，每户三丁抽一，轮不到我。"官兵狡辩道："不出人就得交钱！"夏兴家里很穷，没有钱礼相送，最终还是被官兵掳走了。

从此，繁重的家务活就落在了李彩凤一个人身上。她白天出坡耕种，夜里做饭洗衣，还要悉心照顾家里的两位老人。她心中无时无刻不挂念着丈夫，盼望丈夫能够早日回家。每到夕阳落山的时候，她就站在山岭上面，朝丈夫离去的方向张望一番，然后洒泪失望而归。

秋去冬来，不知不觉间已经过了十个多月。李彩凤给丈夫做好了棉衣、鞋袜，只盼望有人回来时能给丈夫捎去，但被掳去的民夫没有任何回音。后来听人说，暑夏炎热时，工地上有很多民夫染病而亡，尸体都是就地埋葬。李彩凤不知道丈夫是吉是凶，于是昼不思茶饭，夜不能安寝，只能日日来岭上张望，祷告苍天保佑丈夫早日归来。

李彩凤思夫心切，感动了上苍，上苍把她点化成仙。后来人们来岭上看见她，叫她不应，推她不动，这才知道她已化成坚硬的石人，两眼还望着前方的大路。

后来，人们就把这个山岭叫"望夫岭"，把李彩凤化成的石人叫"石妇人"。

5. 常将军的故事

齐长城第一雄关叫穆陵关，相传此关是齐宣王所建。同时建起来的还有一座常将军庙，这是齐宣王专门给常将军建的。一国之君为什么给一个将军建庙呢？这其中有一个凄婉的传说。

相传战国时期，齐宣王为了阻挡楚国的侵扰，决定尽快修筑穆陵关长城。他命令大将常元通带领所部人马日夜施工，务必在楚军到来之前修好长城。如有延误，格杀勿论。

常将军是个骁勇善战、忠诚耿直又爱兵如子的人。他看到齐宣王下了死命令，而且任务繁重，就对将士们说："全军将士必须齐心协力，不怕吃苦，豁上身家性命也要完成任务。大家要听我指挥，我指向哪里，就打向哪里，我走到哪里，长城就修到哪里。"

整个山野间立即喧腾起来，将士们也都忙碌起来，挖基的，运石的，夯土的，砌墙的……人山人海，好不热闹。常将军手下的兵将向来打仗勇敢，修起长城来也不含糊。常将军在前面踏勘好路线，后面的兵士立即跟上挖基砌石。长城一天天地增高、加长。

这一天，常将军正在穆陵关西面的山上踏勘路线，突然有个士兵来报告说："将军，老夫人卧病在床已半年多了。老人家天天念叨着要见您一面，听说您就在附近指挥修长城，就让我来禀报一声。老人家说，回去晚了，也许就永远见不到了。"

听了这话，常将军皱起了眉头，很长时间没有说话。这些年，自己带兵南征北战，很少有时间回家看望母亲。母亲已经八十岁了，况且又重病在床，还能活多久呢？想到这里，常将军咬了咬牙，下决心回家看看老母亲，于是就迈步向老家草亭村走去。

常将军回到家里，老母亲看到久别的儿子，老泪直流。她说："儿呀，为娘本来不想让人告诉你生病的事。只是为娘实在想你，见上这一面，也许今后再也见不着了。"常将军看见母亲骨瘦如柴，心里也非常难受，攥着母亲的手说："娘啊，儿子不孝，不能在床前伺候您，让您受苦了。等修完长城，我就回来好好伺候您……"母子俩正说着话，突然士兵来报："将军，国君来视察长城修筑的情况了，您赶快回去吧！"

常将军一听，大吃一惊，心想：国君怎么事先没通知一声就来视察？他来不及多想，匆匆忙忙地走出了家门。走出家门一看，村头已竖起一道高高的城墙。他问部下这是怎么回事，部下说："将军以前曾经讲过，您走到哪里，长城就修到哪里。士兵们看到您走到了草亭村，就把长城修到了草亭村。"常将军听了，心里十分气恼，却不好发作。况且，这时候也容不得他说什么了，国君正在工地上等着呢。

常将军急忙跑到工地，看见齐宣王已怒气满面地等在那里。常将军忙上前跪拜道："臣下不知国君驾到，有失远迎，望国君恕罪。"齐宣王来到工地后，迟迟见不到常将军，已是非常气愤。又看到长城没有走直线修到穆陵关，而是拐了个弯修到了常将军的老家草亭村，心中的火气就更大了。

齐宣王大声喝道："好啊，常元通！怪不得有传言说你有谋反之心！叫你来修长城，你竟敢明目张胆地违背我的命令，把长城修到你自己家门口，该当何罪？如今楚军已近在眼前，你不在现场督军，竟然私自回家，又该当何罪？"于是，齐宣王喝令行刑官抓住常元通，斩首示众。常将军想开口解释，可是齐宣王根本不让他解释。国君的随从上前为常将军请命，齐宣王说："谁若讲情，一律同斩！"就这样，常将军不明不白地被齐宣王给斩了。传说常将军被砍头之后，尸体挺立在那里，七天不倒。

楚军听说他们最惧怕的常将军被齐宣王斩首了，异常高兴，于是乘机进攻齐国。齐宣王吓慌了神，连忙调兵遣将防守穆陵关。可是，穆陵关很快被楚军攻破了，两边的长城也没能阻挡住楚军。楚军叫嚷着冲下穆陵关，向齐国的国都临淄冲去。

然而，刚冲出去不远，楚军就看见又一道长城挡在面前。他们找来云梯攻城，忽然看到长城之上云雾升腾，阴风呼啸，战旗漫卷，杀声震天。楚军以为上面布下了伏兵，不敢进攻。楚国将领却命令道："给我冲！谁要退却，立斩不赦！"楚军又喊叫着进攻长城。

　　眼看楚军就要爬上长城了，突然，常将军站在了城墙上。只见他红光满面，怒发冲冠，手握利剑，像一座山峰挺立在云雾之中。这回可把楚军吓坏了，因为他们都听说常将军早已被杀，如今他怎么又突然出现在这里呢？冲在前面的楚国士兵纷纷扭头向后逃，把身后的人推倒了。就这样人推人，人压人，云梯一架架倒地，楚国士兵一个个都被摔死了，最终楚军不战自退。

　　修到草亭村的长城无兵把守，却挡住了楚军的进攻，这个消息很快就传到了齐宣王的耳朵里。齐宣王这才意识到自己错杀了常将军，于是下令为常将军修庙，并为他塑像。这一命令正符合士兵们怀念常将军的心意，于是很快他们就把常将军庙修起来了，把常将军像立起来了。

　　从此，常将军庙里的香火不断。几千年过去了，忠勇耿直的常将军的故事仍在这一带流传。

6. 齐女杵衣

　　连云栈，顾名思义，就是直入云霄的栈道，它位于临朐县嵩山山脉，在山顶处连接着齐长城。在连云栈与齐长城的结合处，有几组排列整齐的怪石，酷似河边的杵衣石。相传，这就是齐女杵衣的地方。

传说齐国在嵩山修筑长城的时候，大家热情高涨，男女老少齐上阵。守边的将士们挑土堆石，连续奋战，衣服都顾不上换洗。上面的汗渍干了之后硬邦邦的，穿在身上很不舒服。

一个叫领秀的姑娘见姑娘们干不了重活，就把大家组织了起来，挑水上山，为将士们洗衣、补衣。长城修完之后，姑娘们依旧给守城的将士们洗补衣服。天长日久，杵捶青石，这些石头被磨得光滑溜圆。

在杵衣石旁边，还有很多块独立的圆石头。据说这些是将士们与洗衣姑娘们嬉笑打闹时的座石，当地人称之为"将军座"。

7. 杨廷山和杨廷将军

在沂水和莒县交界的地方，有一座山叫"三楞山"。在三楞山南边，还有一座山叫"杨廷山"，山的东北有一个村庄叫"杨廷官庄"。关于杨廷山和杨廷官庄的来历，还有一段传说呢！

春秋战国时期，为防御外敌入侵，齐国加紧修筑长城。在莒城一带指挥修筑长城的将军叫杨廷，这是一位很有军事眼光的将军。他到达筑城一线后，便在三楞山东边的一个村庄驻扎了下来，一边派军队在沿线布防，一边积极调集民夫，抓紧修建莒城东北部的长城。

长城修到三楞山后，杨廷将军犯了难。因为按照齐王的计划，应当继续沿着齐国和鲁国的边界线向西修，与西边的沂山连接起来。但杨廷将军经过对地形进行实地勘察，并对军事形势进行认真分析之后，对齐王的方案产生了不同的看法。

杨廷将军认为，三楞山向西地势比较平坦，在这样的地形上修长城，远不如借山势修长城的作用大；而由三楞山向北，沿齐国与原来莒国的边界线一带，有光光山、卧牛城、摘药山、城顶山等较险要的山峰可以借用，并且这一带也是楚军由莒城北部向齐国都城临淄进攻的必经之地。

根据这一判断，杨廷将军果断决定再修一道长城。他一面遵照齐王的命令由三楞山向西修筑长城，一面抽调半数人力物力，由三楞山向北沿着城顶山一线，修筑第二道长城。这等于在前道长城的后边又增加了一道防线。齐王知道后非常生气，他怪罪杨廷自作主张，违抗命令，认为这是决不能饶恕的。于是，齐王命人在三楞山南边的山头上垒起一座高台，把杨廷将军绑缚台上，斩首示众。

几年之后，楚军调集大批人马向莒城北部发动进攻，齐国军队借助长城防线对楚国进行抵抗。楚军势力较强，终将莒城北部的长城攻破了，齐军只得退守第二道长城防线。楚军则乘胜追击，企图直捣齐国的都城临淄。但当楚军行进到光光山至城顶山一线时，又发现了一道长城，并看到齐军威武地守护在城墙之上。楚军大吃一惊，他们问当地的老百姓道："这样的长城，往前走还有几道？"老百姓回答说："还有十道。"这下可把楚军吓坏了，他们无论如何也不敢再进攻了，只得仓皇退兵。

经过这次战争，齐王终于明白了杨廷将军修筑第二道长城的意图。于是，齐王很快为杨廷将军恢复了名誉，并把杨廷将军驻扎过的村庄命名为"杨廷官庄"，把斩杨廷的山命名为"杨廷山"，把斩杨廷的台子命名为"斩将台"。

8. 老龙头传说

春秋战国时期修建的齐长城就像一条巨龙，横卧在齐鲁大地上，它的入海处就像龙头一样，因此也被称为"老龙头"。传说齐长城的老龙头起初是在大珠山，可现在为什么在小珠山呢？这里有一个传说。

相传，为了修筑老龙头，齐宣王率领数万名筑城大军，来到大珠山安营扎寨。一天，齐宣王登上山顶，亲自督阵，忽然看见一条黑色巨龙携风带雨地从远处飞驰而来，原本平静的大海骤然间波涛翻滚。这时，从大珠山山顶下来一只巨龟，拦住了黑龙的去路，于是展开了一场龙龟大战。只用了半个时辰，那只巨龟已遍体鳞伤，匆匆向山顶逃去。紧接着黑龙掀起一排巨浪往岸上扑去，顷刻之间，筑城大军被巨浪席卷，城毁人亡。齐宣王大惊失色，率领众随从落荒而逃。

齐宣王又顺道北上，登上小珠山察看。只见小珠山陡峭险峻，树木葱茏，宛若仙境，山脉一直延续到海边。齐宣王暗自思量，倘若老龙头建在此处，进可攻，退可守，实在是兵家制胜之要地。突然，又见海上一股巨浪滚滚而来，原来那条黑色巨龙战罢海龟，又向小珠山扑了过来。这时，一条青龙从山上飘然而下，拦住了黑龙，厮打起来。两条巨龙扭在一起，忽上忽下，忽左忽右，从山下打到山上，从海中打到空中。黑龙渐渐招架不住，最终逃回了大海。

齐宣王被这突如其来的场面惊得魂飞魄散，急忙返回帐中，召集群臣，商讨对策。群臣面面相觑，也拿不出什么好的计策。

这时，一位琅琊道人献策道："自古以来，地有地主，山有山神。大珠山是一只海龟镇守，自然不是黑龙的对手，老龙头建在此地，必遭大难。而小珠山有青龙守护，和黑龙势均力敌，如果把老龙头建在小珠山的余脉上，则与青龙山遥相呼应。两龙相助，必定能战胜黑龙，确保长城万无一失。再者，两座山脉相夹之处是四面环海的齐伯岛（现称'黄岛'），它犹如一颗明珠，与两座山脉形成二龙戏珠之势，齐国必可昌盛。"

齐宣王一听，龙颜大悦，于是决定将老龙头改建在小珠山的东麓。齐宣王即刻调集数万大军，不出数月便将老龙头筑成，与西来的长城岭连在了一起，并与青龙山形成了二龙把守之势。此后，那条黑龙再也不敢前来冒犯。而大珠山上的那只海龟，因惧怕黑龙不敢入海，渐渐变成了石龟，至今还留在大珠山上。

9. 十个太阳轮流转

在齐长城沿线的不少地方，都流传着天上有十个太阳的故事。

传说，当年齐国为了防止别国的侵犯，征用大批民工修筑了长城。为了早日修好长城，强暴的齐王运用"定阳神针"，把太阳定在了中午的位置。结果天上就有十个太阳轮流转，只有白天，没有黑夜。只要天不黑，谁也不能停止干活。

齐王用这种方式迫使民工们没日没夜地干活。民工们得不到休息，又吃不好饭，结果累死、病死的不计其数。而民工们死后，尸体就被垒在了城墙里。

10. 挡捻墙与遮断线

我们今天看到的齐长城，并非全部是原始的齐长城，有些是后世修建的挡捻墙或遮断线。所谓的"挡捻墙"，是清政府为抵挡农民起义军捻军的进攻而修建的墙体；所谓的"遮断线"，是抗日战争时期日军为隔断抗日武装而修建的墙体。

日伪遮断线遗址（唐加福摄）

清朝咸丰、同治年间，捻军曾经数次大举进攻山东。为了抵御捻军，齐长城的许多段落，尤其是关隘、要塞得以重修，成为军事屏障。根据张华松的研究，御捻长城主要集中在齐长城的西段，即今长清、章丘、博山、淄川、临朐、安丘等地段。御捻长城的建筑多属单墙式，既窄又矮，无论是体积规模，还是建筑技术与风格，都与古齐长城迥然有别。

这样的重修也多有文献记载。如光绪年间《章丘县乡土志》上卷《耆旧录》中记载，高即霞曾为国子监的学生，任兵马司副指挥，官至四品。咸丰、同治年间，捻军扰乱乡里。高即霞于咸丰十一年（1861）倡议乡亲们捐资修筑城圩。城圩还没修好，捻军就来袭击了。高即霞率领众乡亲守卫乡里，保全了数万乡亲的生命。县南的锦阳关为古长城遗址，同治五年至同治六年（1866—1867），捻军自南而来，高即霞首先率众修筑工事防守，然后又率众坚守位于邹平的哑妇口。因为防守严密，捻军未能进入，全乡幸免于难。

再如，《山东军兴纪略》第三卷和《博山县志》第一卷中记载，咸丰十一年二月，数十万捻军到达莱芜口镇，准备北犯章丘。因锦阳关防守严密，于是全部涌入了青石关，经过博山、淄川北去。汲取这次的惨痛教训，博山地方政府成立了修关总局，重修了青石关。当年八月初，捻军抵达莱芜北部，博山知县樊文达率领乡兵扼守青石关。捻军来到关前，看到这里戒备森严，就知难而退了。

青石关南门外的石铺路以西，原来还有一块石碑，上面刻着"圣王所憩处"五个大字。同治元年（1862），淄川城东纸坊村的刘德培与捻军取得了联系，发动了大规模的农民起义。清政府派多支军队进攻淄川，均遭失败。后来不得不派负责鲁豫军事的统帅僧格林沁亲自指挥，镇压刘德培起义军。次年四月，僧格林沁率清军包围了淄川。六月，起义军终因寡不敌众，被清军攻破，刘德培拔剑自刎。

传说僧格林沁由南往北曾途经青石关。当他走上南关门外的石铺路时，忽然马失前蹄，将其掀于马下。僧格林沁只得在此休息一会儿再走。后来，当地乡绅刻"圣王所憩处"石碑一块，立于道西。碑中的"圣王"，即"僧王"僧格林沁。此碑于1939年日军占领青石关时被毁。

遮断线主要分布在山地和丘陵地区的山岭上，利用山体的自然障碍和石墙作屏障，有一些段落与齐长城重合或相交。例如，在淄博市博山区围屏山东山脊上，齐长城就与遮断线重叠了；在淄博市淄川区城子村，东西走向的齐长城与南北走向的遮断线都经过该村，两者在村东山脊处交汇。

淄博矿区遮断线的修建最为典型。1940年8月和10月，日寇山东驻军中将司令官土桥等人，先后两次到博山察看地形，并对伪县政府说，淄博矿区是军事资源重地，又是军需工业基地，必须加强防御工事。最后，日寇决定修建淄博矿区遮断线。

1941年10月，日伪召开了动员会议，会上成立了修筑矿区遮断线的组织机构，并定名为"博山外壁工程委员会"，简称"外壁会"。不久，"外壁会"召开了第一次会议，决定于10月10日起，各区分段同时动工。每区每日派民夫五百人，按图施工，由各区所辖的伪乡长、伪镇长就近督工。

1942 年 12 月末，遮断线工程全部告竣。其范围是：自博山县城西北淄川境内的大峪口庄河南岸起，沿西山根向南经昃家庄，再折向东南至凤凰山东坡，越土门头庄外，折向正东，经山头、八陡庄外南山，直达岳家庄东头，由此再折向正北，经西河庄外东山顶之皇陵阁，至淄川境的坡地庄，与该县的遮断线相衔接。

遮断线工程全线总长 42.5 公里，并在旧有道路上分留缺口，以便通行。淄博矿区遮断线从修建到完工，耗时一年零三个月，耗费民财二十万元，征调民夫一百一十余万，给淄川、博山两地的民众带来了极大的灾难。

无论是齐长城，还是挡捻墙、遮断线，都修建在高山峻岭之中，都是石砌的墙体，所以很容易被人们混淆，需要仔细鉴别才能分出彼此。如今这三种墙体都具有了文物价值，都值得加以保护和利用。

二

寻踪探幽：齐长城的关堡

"遥连泰岱盘坤轴，横锁青齐到海门。"西起济南长清，东到青岛黄岛，绵延一千余里的齐长城如同一条巨龙，盘旋在崇山叠嶂的山东大地上。齐长城沿线分布着众多的关隘、城墙、烽火台、城堡、便门、石寨、军营、铺递等，既是边界的交通要道，也是战争中的重要防线。诸多的关堡、便门，不但把泰山、黄河、渤海等山东地区的地标串联了起来，还如同星星一般默默守护着齐鲁大地。锦阳关、青石关、穆陵关等齐长城上的著名关口，经历了岁月的沧桑和风雨的洗礼，见证了不平凡的悠悠过往。

1. 神秘的杜庄城堡

2000 年 6 月 8 日，杜庄城堡迎来了一批重要的客人，当然也可以称为"知心人"，他们就是长城学会会长、中国古建筑学家罗哲文先生及一些文史专家。罗哲文先生为什么会来到杜庄城堡呢？来到杜庄城堡之后，罗哲文先生最为关注的是什么呢？这一切还得从杜庄城堡的神秘性说起。

杜庄城堡，又叫"杜庄古堡""杜庄山寨""杜庄古寨"，因位于济南市长清区双泉镇杜庄村的西山上而得名。西山海拔

高度为 337 米，与海拔为 512 米的马山东西相望。杜庄城堡面积约为 15000 平方米，是齐长城沿线保存最完整、规模最大的山寨之一。其所在的杜庄村位于双泉镇的最北端，向北一里处就是马山镇的潘庄村，向西翻过一座山就是归德镇的李庄村，所以这里是长清的双泉镇、马山镇和归德镇三个乡镇的交界处。

周边地区的百姓都知道这座规模宏大的杜庄城堡，但人们不知道杜庄城堡是什么人修建的，什么原因修建的，什么时候修建的。罗哲文先生也对这些问题感到疑惑和费解。虽然经过了多方考证，也向在当地生活了很多年的耄耋老人进行了咨询和请教，但他对此还是不甚了解。人们也曾经仔细翻阅过古代的地方文献，尤其是地方的方志材料等，但里面也没有关于杜庄城堡的记载。

除了让人感到神秘外，杜庄城堡的形制和结构也让人叹为观止。罗哲文先生带领考察队登上了杜庄城堡，进行了实地考察。杜庄城堡依山就势，建于易守难攻的陡峭山脊之上。其所在的山脊，犹如汉字中的"凸"字，呈东西走向，整个山顶细长而狭窄，最窄处不过十米。杜庄城堡东侧是杜庄村、漩刘路，南北两侧皆是悬崖峭壁、万丈深渊，西侧为起伏的山峦。

尤其让人感到震撼的是，杜庄城堡在西山山脊上从东至西，共筑有五道城墙，可谓层层设防。东山坡稍陡的地方筑有南北长约八十米的城墙，这是第一道防线。在圆形山顶上筑有一圈城墙，这是第二道防线。圆形城墙西端与城堡中心连接处南北都是悬崖，中间为宽十余米的山梁，最为险要，在此处筑有城墙，为第三道防线。第三道与第四道城墙之间，是东西长九十米、南北宽三十米的鼓形地带，此处为城堡的中心，大面积的石坪上凿有插旗杆的洞孔两个。第四道城墙同样筑于南北悬崖之间。第五道城墙筑于第四道城墙西一百四十六米处的南北悬崖间。

这五道石砌城墙犹如五道巨大的屏风，各墙中间都安置了门，墙上有垛，垛上还有瞭望孔。墙下建有石屋，相互毗连，有单间，有套间，总计约六十间。城墙之间的制高点上建有独立大屋一座，很像驻军的指挥部。依山势而建的五道城墙，设计缜密，规模宏大，易守难攻。这些城墙外平面齐整，垛口高低错落，随地势上下起伏，释放出一种古朴苍凉的独特魅力。

随行的一些文史专家推测，根据杜庄城堡的完整程度和风化程度进行判断，这些建筑出现的年代应该不是春秋战国时期，修建于明清时期的可能性倒是很大。罗哲文先生也明确表示，无论杜庄城堡修建于何时，整个建筑气势恢宏，很有价值，非常了不起，值得好好保护。

确实，关于杜庄城堡，诸多神秘的未解之谜有待于科考人员依据充足的材料进行解释。而杜庄城堡为进一步研究古建筑学及军事学提供了实物资料，具有重要的历史考古研究价值，值得好好研究、开发、利用。

2. 胡多萝便门

提到齐长城，人们脑海中多会出现"壮观""雄伟"等霸气的字眼。而胡多萝便门的存在，给齐长城增添了一丝温柔、浪漫的气息。

古时候，齐长城上的重要关隘在战事吃紧、军情紧张的时候是不能随便通行的。为方便齐长城内外的人民日常交流和商贾经贸往来，齐长城上除设重要关隘之外，还在关门附近或交通要道之处，修筑了比较简单的城门。有的是在拱形门洞内设门，有的是直接在城墙上留个豁口，这类城门被称为"便门"，胡多萝便门就是其中之一。

胡多萝便门位于莱芜莱城区雪野镇最北边的胡多萝村，是古齐长城上的一处交通要塞。这个地方处于莱芜与章丘的交界处，北边是章丘的下秋林村，两村之间有条便道可供人们来往。胡多萝便门现今保存比较完整，便门两侧城墙残高两米，宽三米，进深五米。

据说早些年的时候，胡多萝村漫山遍野种的几乎全是胡树，山风一吹，一道一道像藤萝一样，曼妙多姿，非常漂亮，因此就有了"胡多萝"这个浪漫的名字。

胡多萝村流传着一个关于齐长城上的石马的传说。很久很久以前，有一匹石马站在齐长城上的胡多萝便门附近，马的头朝北，马的尾巴朝南。白天石马就安安稳稳地站在那里，但是到了晚上，这匹石马就活了。它会跑到齐长城以北的章丘地里，狼吞虎咽地大吃一顿。等到吃得饱饱的，需要排解粪便时，它就赶紧再跑到齐长城以南的莱芜地里去。

　　于是，当地就有了"吃章丘，拉莱芜，拉得莱芜净财主"的说法。在章丘人看来，这是一匹吃里扒外的马，于是就合力逮住了它，把它拦腰砍断，放在了齐长城上。从此以后，石马再也不能动了，变成了一块真正的大石头。现在人们还能在胡多萝村附近看到一块很像马的石头，大约两米高，有眼睛，有耳朵，栩栩如生。

　　胡多萝便门附近流传的这个石马的传说，明显带有农耕生活的烙印。马是古代庄稼耕种的重要帮手，连马粪也是当时不可多得的作物肥料。当然，马在人们的生活中，包括军事作战和商贸运输方面，也是不可缺少的助手。

　　此外，石马的故事流传于胡多萝便门附近，石马是作为齐鲁边界、章丘与莱芜边界、胡多萝村与下秋林村边界的一种象征而存在的。这是齐长城发挥地方边界作用的鲜明佐证。

3.重修锦阳关

　　锦阳关，原名"近阳关"，又叫"通齐关"，位于莱芜雪野镇娘娘庙村与章丘文祖镇三槐树村之间，处于莱芜与章丘的

齐长城莱芜锦阳关（薛尧摄）

边界。"通齐关"这个称呼不知道是从什么时候出现的，但从这个名字可以看出，这里是通往齐国的一个重要关口。锦阳关自古就是南北交通的咽喉，为兵家必争的雄关要隘，同时也是齐地对外贸易的门户。

随着岁月的流逝，风雨的侵蚀，原有的长城受到破坏，甚至坍塌，而后人又会维修和重建，加以利用。锦阳关及附近齐长城的大规模修复，发生在清代咸丰、同治年间御捻战争时期。

咸丰十一年（1861）春，捻军进入莱芜，准备北上章丘。章丘人在长城岭一带竭力进行防守，最终捻军没有攻入县城。等到捻军暂时撤退之后，章丘知县陈来忠从保护县城的角度考虑，并应县城百姓的请求，启动了重修锦阳关长城岭遗址的工程。同治三年（1864）的《章丘县修筑长城岭石墙记》中记述了重修锦阳关段齐长城的情况。这块碑文由济南府知府大兴吴载勋撰写，其中提到了重修章丘段齐长城的过程，说是当时从夏天到秋天，整整用了三个多月的时间才竣工。顺着山路凡是可以

27

出入的地方，全部建起了高高的围墙。从中可以看出，此次重修齐长城，工程量十分浩大，自章丘县城以南数十里的村庄几乎都参与了这项工程，村民捐资出力，非常踊跃。

当时，章丘县的富人出钱，贫人出力，举全县之力，用了三个月的时间，终于完成了修筑锦阳关及长城岭沿线石墙的浩大工程，再现了齐长城的雄姿，使之成为地方防御的重要屏障。所有建筑石材都是就地开凿，所维修的城墙的外墙高度视地形的起伏而定，一般是 6~8 米。下面是单面墙，上面是双面墙。单面墙利用阳坡的斜面构成，断面一般呈梯形状，下宽上窄，为的是增加其牢固性。

章丘当地流传着李世墉劝说高即霞捐赠锦阳关荆木大门的故事。在人们的印象中，荆条是落叶灌木，枝条柔韧，一般用来编制箩筐等，它的生长速度非常缓慢，寿命较长。如果用荆木做大门，做大门的原材料必须生长很多很多年。同治三年（1864）重修锦阳关时，所用的大门就是荆木门。据说这是当时的章丘大户高即霞捐献的。高即霞就是著名儒商孟洛川的姥爷。

李世墉当时是里长，性情豪爽，深谙世事。当捻军进攻章丘的时候，李世墉力主修复锦阳关及其附近的齐长城遗址进行抵御。因为李世墉在当地德高望重，在民众中很有影响力和号召力，官府就让他负责劝勉捐助。李世墉尽职尽责，百姓们纷纷响应，有钱的出钱，没钱的出力，很多村里出现了兄弟竞相报名、父子轮番出工的景象。

高即霞家财力雄厚，李世墉希望高家能出资相助。高即霞对他说："里长，你负责修锦阳关的城楼，我负责安装锦阳关的那两扇大门。"而李世墉觉得高家仅仅捐献两扇大门，与其大户身份实在是太不相称，想让高家再多捐献一些。

高即霞想了想，就说："我用荆木板做大门，这总该可以了吧？"李世墉心想，荆条是灌木，耐腐蚀。可是，从来就没听说过荆条有长成树的，更没听说过有用荆木做大门的。如果真是用荆木做成的大门，可称得上是罕见了，也比较结实。想到这里，李世墉就说："可以，可以。那你什么时候交付荆木板大门呢？"高即霞回答说："你把锦阳关城楼修成的时候，就是我交付荆木板大门的时候！"

达成口头协议之后，高即霞毫不含糊，四处打听寻找能做成大门的荆木。功夫不负有心人，经过一番辛苦的找寻之后，他终于找到了能做成大门的荆木。高即霞随即拿出重金把荆木买了回来，又请有名的工匠按照锦阳关城楼门洞的尺寸，昼夜不停地进行制作。

终于，在锦阳关城楼修好的那天，高即霞就派人把荆木板大门运了过来。两扇荆木板大门装在锦阳关的关楼门洞处正好合适。人们纷纷围过来，用手摸着荆木板大门啧啧称赞，认为是世间少有。

高即霞捐献锦阳关荆木板大门的故事，至今还是当地的美谈。

青石关当年的古车辙（李超摄）

4. 青石关斗诗

　　青石关位于济南市莱芜区和庄镇青石关村，原有围城，有四个门，门上均有阁楼，今仅存北门门洞和残碑。青石关是齐长城遗址上的著名关隘，这里曾经是齐国的南大门，是从齐国都城临淄到鲁国都城曲阜的必经之路。鉴于青石关在军事和交通方面的重要地位，明代嘉靖二十七年（1548），莱芜知县陈甘雨在青石关建立了邮传铺，名叫"瓮口铺"。瓮口铺的名字来自青石关下面的瓮口道。

　　青石关下面的瓮口道，也称"关沟路"，虽然长度不足三公里，但大自然的鬼斧神工使得其两侧山峰如同立壁，东西两面高山夹峙。接近关门处,是关沟最狭窄、最难走的地方,山势呈"V"型,最窄处不足两米,只能通行一辆木轮车。同行做生意的小推车如果较多,特别容易堵塞。经过青石关时,人们特别害怕遇到"闹关沟"的情况,也就是来往的小推车排成长长的队伍,左右互不相让,出现拥堵的现象。一旦出现这种情况,往往需要等上好几天,过往的车队才能重新畅通起来。

青石关地势险要,风景秀美,历史悠久,吸引了无数的文人墨客,留下了许多脍炙人口的诗篇。如明代御史熊荣、参政陈沂、文学家公蕙,清代诗宗王士禛、知县叶方恒、诗人赵执信、举人张元等,都写下了歌咏青石关和瓮口铺的诗。

博山大儒孙廷铨的两个儿子孙宝仍和孙宝侗,也曾途经青石关,写下了相关的诗歌。他们途经青石关的时间不同,写诗的时间也就不同。他们铆足了劲儿地写诗,想尽可能地把青石关和瓮口道的景象和文化底蕴凸显出来。

孙宝仍(1636—1707),字孝埴,又字孟滋。号恕斋,他写了两首《瓮口道中诗》,其中一首是:"峡口疑无路,逶迤细水来。林烟起灌木,石色遍苍台。空谷人声远,秋风雁字开。客情惭未赋,虚拟洛阳才。"另外一首是:"浑是山阴路,奇情面面生。传闻过鸟道,空拟下蚕丛。翠壁来风细,澄清落镜明。登临幽兴足,履齿漫丁丁。"诗中的"疑无路""鸟道""蚕丛"等词汇,把青石关下的瓮口道之危险陡峭、难以通行的特点表现得淋漓尽致,使人望而生畏,体现出登临的幽思。

孙宝侗(1638—1677),字仲愚,又字仲孺,他在《瓮口道歌》中写道:"瓮口道中溪谷黑,青石关下万马塞。马踏石棱盘谷行，俯身北下愁倾侧。前山回合路欲无，夹岸高峰向人逼。有时叠巘如连城，白日蔽云生暝色。秋高万树纷紫翠，黑者露润垂秋石。山鸟不鸣秋已深，猛虎高卧夜留迹。长弓在背箭在腰，蚕丛自奋千夫力。忆昔左车夸井陉，宋武大岘快所经。道左马队伏神弩，天畔壶关拥地形。又见此地设天险，九州则壤分徐青。周家青社胙茅土，山阴则齐阳则鲁。伐齐曾记哀公年，艾陵一战雄千古。先克博邑后克嬴，此地川岩映赤羽。当年南北阻岩关，夹谷台高孝水浒。白洋水落群山高，天末秋风吹锦袍。腾逃山鬼奔苍鼠，无限寒光照宝刀。"

　　相比而言，孙宝侗的这首诗歌用心更足，不仅详细描述了青石关与瓮口道的风光及道路险恶，还追述了历史上曾经在这个地方及其附近发生的战争和事迹，如艾陵之战、夹谷会盟等。人们来到青石关后，吟诵着这首慷慨激昂的《瓮口道歌》，想象着真实的历史画面，感慨万千。

　　春秋战国时期，因处齐鲁咽喉之地，青石关在军事上一直占有举足轻重的地位。和平时期，这处齐鲁要道的咽喉之地，成为南北交往、交流的重要通道。青石关石板路上的一道道车痕，吟咏青石关和瓮口铺的一首首诗作，使人们仿佛看见了千百年来车水马龙的热闹景象，使人们更加珍视当今和平与富足的生活。

5. 解密南坪石城

　　南坪石城位于淄博市博山区石马镇南沙井村的南坪山上，

当地人称之为"大寨"。南坪山主峰海拔达649米，西与莱芜市老姑峪村接壤，处于淄博与莱芜的边界。南坪山东靠悬崖，西临深渊，地势陡峭。上面的南坪石城南北长约一千米，东西宽约二百米，共计分布着三百多间石头房子。南坪石城的城墙一般高为三米，上窄下宽，上宽一米，下宽一米半，顺着山势而起伏。南坪石城总体为南北走向，北边高，南边低，从空中俯瞰像是一艘大船。

这座石城是什么人什么时候修建的？是兵营？还是附近老百姓为了躲避战乱而修建的？带着这些疑惑，地方学者进行了详细的考证。经过研究认为，南坪石城的修建与清代末年刘德培起义和捻军活动频繁有关，是当地百姓为了躲避兵灾而修筑的。

民国时期的《续修博山县志》中记载，咸丰十一年（1861）至同治六年（1867）之间，刘德培部队和捻军在博山境内频繁活动。咸丰十一年二月十二日，捻军进入博山境内，当时的博山知县樊文达率领全城百姓进行防御。同年八月，捻军又一次来到了博山境内，因为防守坚固，捻军没有进入博山。同治元年（1862）九月，刘德培部队数万人来到了博山境内。同治二年三月十三日，清军追赶六万多捻军由莱芜来到了博山境内。同治五年三月，捻军由夏庄经过博山境内。同治六年，捻军从沂蒙山区过来，由博山汉王寨向北行进。

由这些记载可以看出，当时捻军和刘德培部队在博山境内活动频繁，尤其是同治二年的时候，到达博山境内的捻军竟然达到了六万多人，当时博山的总人口也就十多万。再加上追赶捻军的清军，可以想见，当时博山境内的人口大约有二三十万。这么多人口，迫切需要解决的就是吃饭问题。无论是捻军还是清军，当军备供给不足的时候，劫掠百姓是在所难免的。

为了保命，也为了保护财产，老百姓到附近的山上躲避兵患，应该是比较好的选择。《续修博山县志》中记载，自从咸丰十一年博山受到捻军的扰乱之后，很多乡村就修筑了围墙用来自卫，像黑山、盆泉这些地方还修筑了石围。其中博山的第四、第五、第七区修筑的石墙最多，南坪石城所在的南沙井村就属于当时的第四区。南坪石城就是当时百姓围墙筑城用以自保的见证。

《金牛山大观》中记载，南坪石城的城门上原来有"南天门"三个字，现在已经看不到这块石刻了。在神话传说中，南天门在九重天之上，是仙界的入口处，是天庭的正门入口，直接通到玉皇大帝的灵霄宝殿。称呼南坪石城的城门为南天门，表达了百姓在避难中对安乐生活的向往。

沿着南坪石城东侧的小路往下走，大概五百米的地方有一个山洞，山洞里有一个泉眼，泉眼的正上方有一个小的青砖拱券，泉水从拱券内流到水窖。青砖拱券上有一块石匾，上面刻着"仙海"两个正楷大字，并标明立石的时间为"同治二年"。这个取水的山洞离村庄较远，旁边也没有庄稼，可见这水不是用来浇地的。可以推测，应该是为当时在南坪石城避难的百姓日常生活所用。

独角山在南坪石城的东北方向，当地人称之为"小寨"，山顶面积大概有一百平方米，修建有四五间与南坪石城类似的石头房屋。《续修博山县志》中记载，独角山俗名"小寨子"，周围比较陡峭，而山顶比较平圆，原来的时候乡人为了躲避捻军而在这里修筑了石屋。可见，民国时人们就认为小寨上的石屋是为躲避捻军而修建的。后来，这里成为土匪占山为王的地方，土匪也是看重了这里陡峭的地势。

于是，人们心中产生了新的疑惑，博山方志中记载了规模较小的独角山"小寨"，可为什么没有规模超大的南坪石城"大寨"的相关文字记载呢？比较合理的解释是，南坪石城位于博山和莱芜的交界处，距离此处最近的村庄是莱芜的老姑峪村。可能当时撰修博山方志的人认为，这是莱芜的地界，不需要记载在博山的方志里。而撰写莱芜方志的人，当时也没有把南坪石城考虑进去。

南坪石城的这些山寨石屋，建筑风格原始，粗犷浑厚，凝聚着先辈们的力量、智慧和文明，具有深厚的文化内涵。双手抚摸着石门、石屋、石墙等遗址，遥想当年兵荒马乱之时，南坪石城却是能够提供庇佑的场所，让人更加珍惜现在稳定安宁的和平生活。

6. 雁门寨的传说

雁门寨位于淄博市博山区池上镇泉子村东，南接太平山，北连蟠龙山，境内主峰海拔达 937 米，是淄川、博山两区分界山中最高的一座。雁门寨北面的两侧山峰耸起两块拱形巨石，好像大雁伸展的双翅，上宽下窄，上方宽处约为 80 米，下方窄处约为 20 米，洞开南北视野。每年秋天的时候，往南飞的大雁群都会在这个坳口停息休整，然后再继续往南飞。总有一些年老体弱的大雁飞不过雁门寨，便永远留在了山的坳口处。

关于雁门寨的由来，当地流传着一个美丽的神话传说。说是战国时期，这里是齐楚两大诸侯国的边界，而当时并没有雁门寨这座山。楚王擅长骑马射箭，经常围田打猎，杀害了很多珍禽异兽。泰山老奶奶宅心仁厚，知道这些事情后，就决定教训一下楚王。

这一天，泰山老奶奶变成了一只大雁，飞往楚王打猎的地方。这只大雁假装被楚王的箭射中受伤了，逃到了雁门寨所在的地方。楚王骑马持箭，紧紧尾随着这只受伤的大雁。

而刚才受伤的这只大雁，双爪朝地上一抓，顿时狂风大作，电闪雷鸣，地下突然冒出一块大石头，节节拔高。一眨眼的工夫，伴随着钻出的山石，受伤的大雁直冲云天，最后变成了一座三顶横空、环壁绝陡的高山。

楚王骑着骏马，难以继续追捕大雁。但是楚王不肯罢休，又要拉弓射箭。只是不知道怎么回事，楚王使出吃奶的力气，也拉不开自己的弓箭。最后拉了半天，箭才射出去。说来也巧，箭头恰好射中了一方峭壁，峭壁上出现了一个雁翅形的豁口。

这时，一群大雁飞过天空，相继飞进了那个豁口。楚王因射箭时用力过猛，累得大口吐血，最终累死在了山脚下。从此以后，人们就把这座山叫作"雁门山"，后来又演变为"雁门寨"，有的时候也称为"掩门寨"。

由于地势险要，雁门寨易守难攻，成了后世人们躲避战乱的地方。咸丰十一年（1861）的时候，博山战乱频仍，土匪和山贼横行，老百姓不得安宁，附近的乡亲们都来到了雁门寨避难。吃饭和住宿是必须解决的问题，于是人们就背着米和面上山，并准备了大量的木柴，用来做饭。人们还就地选材，在雁门寨上依据地势改造了房屋，用来遮蔽风雨，防备严寒。

在雁门寨躲避战乱的做法无疑是正确的，乡亲们成功避开了刘德培部队和捻军的侵扰。这些规模宏大、设计奇特、防御严密的山寨堡垒由此保存了下来，是齐长城沿线雁门寨地势险要和保护民生的历史见证。

无论是战国时楚王射雁的传说，还是清代博山百姓去雁门寨避乱的史实，都反映出了齐长城沿线雁门寨一带地势之险要。而作为淄川、博山两区的分界山中最高的一座，雁门寨的地区分界功用又一次显现了出来。

7. 岳阳山上的王家围子

岳阳山是博山境内齐长城沿线最东边的一座山，是博山和淄川的交界山。岳阳山东边是鲁山，西边是泰山，"岳阳如屏，横隔齐鲁"的古说，就是来源于此。岳阳山上共计有99座山峰，自古有"九十九顶岳阳山"之说。岳阳山的主峰高811米，其支峰海拔一般都在700米以上。因周围的地势相对平坦，晨曦晚照时都能看到阳光，遂取岱岳向阳之意。这就是"岳阳山"的含义。

岳阳山东边有两个四周用石墙围着的山头，位于淄川区太河镇西石门村西，当地人俗称"王家围子"。两个山头相通，却又各自形成工事，南北只有一个门进出，布局结构严谨。这两座山头的四周，全用厚达1米、高2米以上的石墙围着，中间是居住的房屋，还有存水用的水窖、蓄水池等。因为这两个山头外形好像人们挑着的扁担，所以被当地人称为"扁担围子"。

相传，明末农民领袖唐赛儿起义时，这里曾经有一个姓王的头领率兵把守。这个人精于军事，他用石墙把山头四周全部围了起来，易于把守，难以攻入，人们也把这个地方叫作"王家围子"。

清朝咸丰十一年（1861），捻军攻打到周村、博山附近，周边的百姓纷纷离家避祸，大路上到处是逃难的人。淄川西石门村的乡民王肇沅听说了这些情况，非常着急，心里盘算着找一个"处处深沟高垒"的地方避难，一来可以不用与年迈的父母分开，二来捻军也攻打不过来。

随着捻军的渐渐逼近，王肇沅带着年迈的父母到石门别墅避难。走在避难的路上，王肇沅看到沿途有一些陡峭的山谷，也就是现在的王家围子，心想如果全家人在这里避难，应该是可以的保全性命的。王肇沅还特意去转了转，越来越觉得这是个避难的好地方。

等到了石门别墅，把父母安顿好后，王肇沅去拜访了父亲的好朋友谭韶九先生。闲谈之间，王肇沅表达了想要找一个合适的地方避难的想法。两个人一起登上了王家围子，他们看到山上有一些垒石和遗堞。谭韶九先生说："当时这里是一个古寨，据说明朝末年的时候乡里人曾经在这里躲避战乱。"王肇沅心里一惊，说："这就是前两天我留意到的避难的地方啊，没想到近在咫尺。看来这是老天爷给我找好的避难地啊！"王肇沅当即下定决心，在这里修建石寨用来避难。

当时，捻军已经绕道而去，乡亲们还在对避难的事情议论纷纷，有的在村里修筑了土堡，有的认为淄川城比较坚固，拖家带口地到了淄川。王肇沅和族人商量着该去哪里避难。族人认为，淄川城虽然牢固，但是自家在那里没有田产，吃饭是个大问题，而村里自家的田地可以让人填饱肚子。但若在村里修建土堡避难，终究不如山寨险要，容易防守，并且山上也可以耕种粮食，能够解决吃饭的问题。于是，全族人一致决定，在西山上修筑石寨用来避难。

修筑山寨所使用的材料，大多是就地开采，从山上开采石头，能够做到工省而价廉。山寨的边缘若是悬崖，就不必大费功夫建造很高的墙垣；平坦的地方，则建造高大的墙垣，并设置二眼枪铳，用以抵御进攻，加强防卫。入门处安置了石券，非常狭窄，仅供一个人出入。最上面建造了一间小屋，用来瞭望远处，随时警戒。为了保障日常生活，王氏族人还修筑了住屋、厨房和仓库，还在最凹处凿池蓄水。

基本的生活需求得以满足和预防设施完成之后，王肇沅放下心来。闲散的时候，王肇沅在山顶眺望远处，山峦起伏，淄水环绕，山水相间，美不胜收。回想起找寻避难之地时走投无路的窘迫，王肇沅感到现在的生活已是十分惬意。

第二年秋天，刘德培部队攻打淄川，侵扰了山中的很多村庄。王肇沅和族人一起做了充足的防守准备，刘德培部队听到消息后，就没有过来侵犯，全族人的性命得以保全。后来听说，在石门村附近山寨上避难的其他人也都安然无恙。可见，山寨在防守避难方面功不可没。

这次在王家围子上修建山寨的缘起和过程，民国时期的《续修博山县志》中辑录的王肇沅《修石门山寨记》一文进行了详细的记载。王肇沅之所以把这个过程记录下来，是想告知后人这段历史的艰辛。在动荡的岁月里，王肇沅率领族人在易守难攻的山头上，在原有的遗址上依照山势修建而成的避难的山寨，保全了族人的性命，这真可谓是一个明智之举。

8. 城子要塞与古莱芜城

公元前 567 年的冬天，北风呼啸，寒风刺骨，一群衣着华丽的流亡人目光呆滞，步履蹒跚。这群人是什么人？他们为什么会流亡？他们会在哪里落脚？现今淄博淄川的城子村，是他们最后落脚的地方。

城子村位于淄博市淄川区太河镇，是唯一的被淄河水东、南、西三面环绕的山村，也是齐长城与淄河的交叉点。村东和村西的山上均有齐长城遗址，此村地处淄河流域南北交通的重要通道，被称为"城子要塞"。这里被认为是古莱芜城的所在地。

《左传·襄公六年》中记载了齐国灭莱国的事情。也就是说，齐灵公十五年（前 567），齐国攻破了莱国的都城，莱国的国君莱共公浮柔逃奔到了棠邑。但是在同一年，棠邑也被攻破，莱国自此以后就灭亡了。莱国的一部分贵族和子民，被迫离开了家乡故土，踏上了流亡之路。

这些莱国遗民一路颠沛流离，不知道自己要到哪里去，哪里才是流亡的尽头。就这样不知道走了多少天，他们来到了淄河岸边现在的城子村一带。放眼远望，这里虽然一片荒芜，但有淄河浸润，也算山清水秀。于是，他们决定结束逃难流亡的生活，在这里定居。他们辛勤耕耘，逐渐生息繁衍开来。

为了纪念故国，人们把这个地方叫作"莱芜"。《水经注》中记载，齐灵公灭掉了莱国，莱民流亡到了这个山谷，看到旁边邑落荒芜，所以取名"莱芜"。这个山谷指的就是莱芜谷，即今淄水上游的南北大峡谷地带，也就是现今淄川城子村所处的地带。后来，随着人口的增多，城子村无法容纳，人们就慢

淄河环绕的城子村（唐加福摄）

慢向南迁移到了现在的莱芜地区。

城子村的村碑上这样描述村庄的历史:"清乾隆十八年《博山县志》载:古莱芜县城在县五十五里,即今之城子庄也,亦名古城庄。故城废后,演为村庄。村初以原为古城池而名古城庄。村中重修关帝庙碑载'山东省青州府益都县怀德乡石门社古城庄',清初演变为城子。"

默默流淌的淄河,见证了城子村与城子要塞的沧桑历史,也见证了城子村作为古莱芜城遗址的发展历程。

9. 风雨穆陵关

在长达千里的齐长城沿线上,坐落着一座历史悠久、文化底蕴丰厚的重要关隘,它就是雄伟壮观、气势磅礴的穆陵关。穆陵关建在古称"大岘山"、今称"太平山"的山脉上,位于潍坊市临朐县大关乡与临沂市沂水县马站镇的交界处,即现在的沂水县马站镇北部的关顶村。

作为地名,穆陵出现的时间比较早。元代于钦的《齐乘》中记载,相传周穆王曾经把自己喜爱的妃嫔葬在沂山山顶,所以大岘关被称为"穆陵"。《左传》中记载,齐国的丞相管仲对楚国的使臣说,周武王分封姜太公时,对齐国的疆域范围规划是东到大海,西到大河,南到穆陵,北到无棣。"穆陵"这一地名应该是出现在周穆王之前。在《中国历史地图集》中,西周时期的舆图上唯一标注的关口就是穆陵关。

伴随着沧海桑田的变迁、大自然的侵蚀和人为的破坏,现存的穆陵关早已不是当年的穆陵关了。穆陵关能够穿越千年，不仅缘于其重要的地理位置，还缘于历朝历代一次又一次的重建、补建、增建等。穆陵关附近东镇庙的道士赵守身编撰的《东镇述遗记札》中说，清代之前，穆陵关曾经保存着十几块古碑，上面记载金代天德四年（1152）曾重修了穆陵关，元代至正十一年（1351）武德将军、益都路副达鲁花赤贴木耳修建了戍楼兵室，明代也曾多次修葺穆陵关的关楼。历史上规模较大的一次增修，是明代嘉靖年间青州知府杜思主持的。

嘉靖四十一年（1562）的夏天，浙江四明人杜思被任命为青州知府。在赴任青州的路上，杜思途经穆陵关，看到穆陵关的关楼早已倾倒坍塌，几乎变成一片废墟，根本无法住人，这里的军事防备也因此疏于管理，"一夫当关，万夫莫开"的气势更是无从谈起。

就任青州知府后，被废弃的穆陵关一直萦绕在杜思的脑海里。对穆陵关的历史和地理位置的重要性，杜思是熟知的。东晋大将刘裕北伐南燕，演绎了一段不战而取穆陵的战争传奇。唐末淄青节度使李师古重建了穆陵关，据险自重。北宋时期宋太祖赵匡胤设立了穆陵关镇，以防御北汉与辽国的南侵。公元1216年，金兵占领了穆陵关，后设为县，派专官镇守。元明时期，朝廷均在此设立了穆陵关巡检司。

可以说，在数千年的历史发展中，穆陵关战事频繁，多少英雄曾在这里厮杀，多少将士曾在这里喋血。胜利者大功告成，名垂青史；失败者一败涂地，折戟沉沙。刀枪剑戈，硝烟弥漫，穆陵关可谓历尽烽火狼烟。穆陵关曾出土过大量的剑、戈、箭镞、战马遗骸等，这些向世人诉说着历史过往中的一段段峥嵘岁月。

正是因为认识到穆陵关在军事防御中的重要作用，杜思把增修穆陵关的工作快速提到了日程上来。杜思分析说，穆陵关位于临朐和沂水两个县的交界地带，也是徐淮地区的边界要塞、交通要冲，更是三齐之地的护卫屏障，地理位置非常重要，可以称之为"天险"。如果不对穆陵关进行修缮，那青州府境内的治理就无从谈起。

于是，杜思立即着手组织工人，拨款修复已成废墟的穆陵关。然后增添防守的兵力，增加弓兵二十人，通前四十人。并且还给这些士兵修建好居住的房屋，允许和鼓励他们携带家眷一起前往，开垦荒田，自给自足。士兵的家人们听说可以开垦穆陵关的荒地，都愿意随军前往，一方面可以享受家人团圆的天伦之乐，另一方面还可以住好吃饱。更重要的是，杜思还在穆陵关内建置了馆舍，方便来往的商贾和旅人住宿。

增修穆陵关之后，杜思命令提升防备意识，严格设置穆陵关大门开启和关闭的时间。对于过往的商贩和行人，免于盘问，也不用检查随带的货物。而一旦出现抢劫、盗窃等暴力违法行为，附近的保甲和弓兵就必须联合起来全力追捕。这样一来，穆陵关一带的军事防备实力得以提升，地方治安得以保障，不仅保护了商旅的人身安全，保证了贸易的频繁流通，还促进了地方上经济的繁荣和社会的发展。

几年之后，时任顺天府府丞的青州人冀炼，了解到青州知府杜思增修穆陵关的事迹后，大为感慨，连声赞叹杜思的治理十分高明。当有人问他为什么对杜思的评价那么高时，冀炼回答说，作为青州府人，自己曾经两次途经穆陵关。当经过穆陵关的时候，自己还感到很奇怪，为什么这么重要的地方，地方政府竟然没有任何的防守？冀炼也曾问过附近的人，得到的回答是，天下太平，无须防备。现任知府杜思已把穆陵关增修完备，可见他真是一个深谋远虑的人。这样的地方官员，是百姓真心爱戴的地方官员。有鉴于此，冀炼特意撰写了《增穆陵》一文，把杜思修建穆陵关的前因后果和过程详细记载了下来，想让人们记住杜思的功劳，也想让后世统治者学习和借鉴。

正是由于杜思对穆陵关进行了重修，后人才能够重新目睹穆陵关的雄风，并赋诗吟诵。清代诗人高淑曾作诗《穆陵怀古》曰："鹰扬盟带砺，赐履称东藩。山河控十二，管钥惟南门。霸气时间发，雄风千古存。矫首望海色，泱莽连朝昏。大岘自西来，巇巢树崇垣。矗矗峰如削，沉沉云若屯。巨壑蛟龙蛰，巉岩虎豹蹲。曲栈戴危石，偪仄摧短辕。一丸封崄巇，万骑迫崩奔。咄哉慕容氏，失险安足论！"诵读着这首诗歌，地势险峻、气势雄伟、巍峨肃穆的穆陵关，以及姜太公、管仲、刘裕、慕容超等历史人物的英勇事迹纷纷映入脑海，展示着往昔的辉煌。

10. "少海连墙"与"少海连樯"

经过多方考证，青岛市黄岛区的东于家河村东北被认定为齐长城的入海处，是齐长城的终端。只是齐长城入海处的历史遗迹已荡然无存，取而代之的是 1999 年在原址上修建起来的一座景观性烽火台，烽火台东边就是浩瀚的黄海海域。附近残存一段齐长城遗址，城墙底宽六米，残高三米。古老拙朴的古长城与波澜壮阔的大海互相映衬，气势雄壮，动人心魄，被称为"少海连墙"。此"墙"指的应是齐长城之城墙。

胶州湾古称"少海"。早在春秋时期，齐景公就曾经到少海来游玩，《淮南子》中也记载说东方有个地方叫"少海"。也有文化学者认为，从医学的角度来看，少海穴是人体经络的一个重要穴位，位于肘前区，与关节、心胸相通，而齐长城入海处就如同齐国躯体中的少海穴，占据重要的地理位置。"少海连墙"的说法体现了齐长城在胶州的重要地位和价值。

另外，胶州又有"少海连樯"之说，"少海连樯"是乾隆年间被认定的胶州八景之一。此"樯"指的应是船上挂风帆的桅杆，引申为帆船，说明船只数量之多，海上贸易之盛。时任胶州知州的周于智组织人手编纂了《胶州志》，于乾隆十七年（1752）出版。这一版本的《胶州志》，把灵岛浮翠、铁橛悬泉、少海连樯、介亭春树、麻湾渔乐、双珠嵌云、胶河澄月、石耳争奇等八处奇景定为"胶州八景"。

周于智（1711—1779），字明远，号愚溪，云南嶍峨（今玉溪峨山）人，乾隆十五年至十七年（1750—1752）任胶州知州。任职胶州知州期间，周于智廉敏有为，勤求民瘼，主持修茸了文庙，重新修筑了沽河、云溪两条河的河堤，为了修纂《胶州志》，曾慷慨捐出千两银子。后来因功绩卓著，周于智被擢升为直隶宣化知府。

周于智自小在多山的地区长大，出任胶州知州之后，他对山海相连的胶州历史文化和美景产生了极大的兴趣，写了多首诗歌进行吟诵。

这一天，周于智与幕僚来到了胶州外航港口最繁盛的塔埠头港，看到"商旅如云，帆樯若市"的热闹情景，想到百姓的衣食得到了保障，他非常高兴。又听旁边的商户介绍说，农历的九月份至第二年的二月份，每天都有数十艘船只来往于港口，南到闽广、北到盛京的各种海货、山货，还有海外的货物，都在这里转运。塔埠头港成为很多货物的中转站，很多商贾在这里设有货栈。因为经济繁荣发达，人们以塔埠头港为中心，在附近建造了天后宫、海神庙、堆场和店铺等，使这里成为商贸兴盛的地方。

了解到这种情况后，周于智不禁诗兴大发，题诗《少海连樯》曰："去住帆樯日几回，潮声人语竟喧逐。试从估客闲相问，可是船从返照来。"并在诗前写了序言，对这首诗歌做了补充性说明。序言中说，从塔埠头至淮了口当地人称为"少海"，这里是黄海和大沽河交汇的地方，也是河海交通发达且贸易隆兴的地方。每到秋冬季节的时候，商人们在这里聚集，千樯林立，风正帆悬，让人很容易想到海市蜃楼的景象。通读周于智的诗歌，胶州湾昔日商贸繁华的场景仿佛浮现在了眼前。

可惜到了咸丰年间，塔埠头港口受到淤阻，只剩下一条小水沟与大海相通，也只容得下小船来往出入，运送货物。这样一来，港口内就只有二十多户商家了，整个港口逐趋衰退。尤其是到了19世纪末，随着青岛港的崛起，胶州塔埠头港的进出口货物更是逐渐减少。由现在青岛少海风景区所处的地理位置，也可看出其与黄海海域确实还有较远的一段距离。然而，州牧周于智在诗中描绘的"少海连樯"之塔埠头港口的盛貌，及他为胶州百姓做出的贡献，已经被深深铭记在了当地人们的心中。

可见，"少海连墙"展示了齐长城最东端的建筑特点，人们修筑齐长城时将其与黄海海域相结合，以共同防御齐国的东部疆域。"少海连樯"则体现了胶州境内塔埠头港口因交通位置的优越性而河海贸易繁荣的景象。两者所指不同，应予以区别。

三

悠久传说：齐长城与孟姜女

齐长城沿线流传着许多美丽的民间传说，孟姜女的传说是其中的精华部分。早在 20 世纪 20 年代，著名的历史学家顾颉刚先生就曾得出结论：孟姜女哭长城的传说发端于齐长城沿线。本部分集中讲述了流传在齐长城沿线的孟姜女的传说。这些传说都具有"在地化"特色，即齐长城沿线不同地带的群众都把孟姜女与自己的家乡扯上了关系，演绎出了孟姜女的出身、成长、出嫁、寻夫、抗争、哭倒长城、从容赴死等一个个凄美动人的故事，体现出了孟姜女的忠孝善良、坚贞不屈，表现出了齐长城沿线群众对孟姜女的喜爱和纪念。通过这些孟姜女的传说，我们既可以看到齐长城与其他长城共同的一面，又可以看到齐长城独具特色的一面。

1. 从杞梁妻到孟姜女

　　孟姜女哭长城的传说是中国四大民间传说之一，在全国各地流传都十分广泛。孟姜女哭长城的传说的起源地在齐长城沿线，孟姜女的原型是《左传》中所记载的"杞梁之妻"。那么，杞梁妻是怎样变成孟姜女的呢？这里有一个漫长的历史累积过程。

《左传》中记载，公元前 550 年，齐侯攻打莒国，杞梁做先锋，结果被打死了。齐庄公收兵回国，在郊外碰到了杞梁的妻子。按照齐庄公的意思，把杞梁的尸体收敛好，在郊外吊唁一下就行了。可杞梁的妻子不愿意，她说："下妾的丈夫如果有罪，就不用君主吊唁。如果没有罪，还有先人居住的屋子在，下妾不能接受在郊外吊唁。"于是，齐庄公按照礼法亲自到杞梁家中吊唁。在这里，"杞梁之妻"还只是一个谨守礼法、拒绝"郊吊"的妇人。

这件事在《礼记》中也有记载，但增加了"其妻迎其柩于路而哭之哀"的情节。这是很重要的一个变化，古今无数孟姜女的故事都是在"哭之哀"这三个字上演化出来的。

战国时期，孟姜女的故事在齐国流传开来。据《孟子》记载，齐国的淳于髡说，当时杞梁之妻的哭调成了一时的风气，竟改变了齐国的国俗。齐国人喜欢学杞梁之妻的哭调，这是孟姜女的故事能够流传的一个重要原因。

西汉后期，刘向在《说苑》和《列女传》中都记载了杞梁之妻的故事。《列女传·贞顺传》中写道，杞梁战死后，他的妻子抱着他的尸体在城下痛哭，哭声悲凉，让人心痛，十天后城墙为之崩塌。杞梁之妻觉得自己没有了父亲，没有了丈夫，又没有儿子，丈夫这头没依靠了，娘家那头也没依靠了，又不能背弃对丈夫的忠诚，于是就投淄水而死。此时的杞梁之妻，仍是一个"贞而知礼"的女性。但从此时起，故事的核心由"哀哭"变为"崩城"。

到了唐朝，杞梁之妻的故事又发生了很大的转变。在《同贤记》中有这样一段记述：秦始皇时，杞良被派去修长城，因为劳苦而逃走，不小心进入了孟超的后花园。当时孟超的女儿孟仲姿正在花园的池塘中洗澡。她发现杞良后，认为自己的身体被杞良看到了，就要嫁给杞良。孟仲姿是大户人家的小姐，杞良最初不敢答应，但孟仲姿强调自己的身体不能再被另外的人看到，只能嫁给杞良。于是杞良就答应了。婚后，杞良返回了修长城的工地，主管官员因为杞良逃走非常生气，就把杞良打死了，将尸体埋入了长城城墙中。孟仲姿知道这一消息后，来到长城下放声痛哭，哭倒了长城，里面露出了纵横交错的死者尸体。孟仲姿不知道哪一具是自己丈夫的尸体，就刺破手指，说："如果是杞良的尸骨，自己的血可以渗进去。"孟仲姿用这种办法找到了杞良的尸骨，将其运回了家中安葬。

这段故事不仅发展了脉络，而且增加了细节。女主人公由恪守礼教的杞梁之妻变为敢于挑战礼教、大胆追求爱情的孟仲姿，男主人公杞梁的名字也发生了变化，变成了杞良，后来范喜良、范杞良、万杞梁、万杞良、万喜良等名字都在此基础上生发了出来。与此同时，故事也离开了它的起源地齐国和齐长城，而与秦长城有了不解之缘。

在敦煌石室中发现的唐宋时期的小曲《捣练子》中写道："孟姜女，杞良妻，一去燕山更不归。造得寒衣无人送，不免自家送征衣。"在这里，"杞良妻"终于和"孟姜女"联系在了一起，而且增加了送寒衣的情节。

就这样，主人公从杞梁妻变成了孟姜女，被哭倒的长城从齐长城变成了秦始皇修建的秦长城。到了宋代，民间出现了孟姜女庙。元代，孟姜女的故事开始进入戏曲。明代以后，各种版本的孟姜女的传说如雨后春笋般在全国各地传播开来。

2. 孟姜女的前世今生

在日照市莒县一带，流传着一个孟姜女出世的故事。

相传很久以前，莒城正东二十里处有个小村庄，庄上有家姓孟的，有家姓姜的，这两家房接着房，地靠着地。两家各有一个小女孩，岁数一般大，长得一样俊，个子一般高，手又一般巧。只是孟家的闺女生在早晨，姜家的闺女生在晌午，所以孟家的女孩管姜家的女孩叫妹妹，姜家的女孩管孟家的女孩叫姐姐。这两个女孩好得胜过一母同胞，她俩一块儿采桑，一块儿喂蚕，一块儿浣纱，一块儿织锦……白天黑夜形影不离。

这天早晨，孟姐姜妹一起去浣纱，老远就看见陵阳河边站着一个放羊的。走近一看，原来放羊的是个非常俊俏的女人。只是她穿得很单薄，在寒风里冻得瑟瑟发抖。孟姐姜妹看她怪可怜的，一个脱下自己的褂子披在她身上，一个解下自己的头巾包在她头上，然后一起问道："姐姐，您住在哪里？为什么这么早就来放羊呢？"放羊的女孩抹着眼泪说："二位好心的妹妹不知道，天下没有比我更可怜的了。我是东海龙王的三女儿，只因二老糊涂，将我许配给了陵阳河的龙王的儿子。我的丈夫跟我成亲没有多久，就找了外室。我劝他莫做贱事，他非但不听，反而嫉恨在心，一脚把我踢出了龙宫，天天打着我去放羊。可怜我爹娘远在东海，怎么知道我在这里活受罪呢？眼

53

看冬天到了，大雪就要封山了，我早晚不是冻死就是饿死！"龙女说完号啕大哭，孟姐姜妹也听得心酸落泪了。

哭了半天，孟姐姜妹好歹劝住了龙女，接着问道："龙女姐姐，我们俩怎么才能搭救你呢？"龙女说："三天之后，我爹就要来这里行雨，我的丈夫准会把我锁在龙宫里不让出来。二位好心的妹妹若要搭救我，只要淋着大雨，对着打闪的方向，将我的苦情细说一遍，我爹在云里就会知道的。我爹最心疼我，他会来救我的。"

孟姐姜妹把龙女的话牢牢记在了心上。第三天晌午，果真电闪雷鸣，下起了大雨。孟姐姜妹手拉着手跑到了街上，大雨淋得人睁不开眼，浑身跟针扎似的。两个女孩朝着天上打闪的方向，扯着嗓子诉说了龙女的苦情。话刚说完，风不刮了，雨不下了，电闪雷鸣直奔陵阳河而去。孟姐姜妹再也坚持不住了，两个人一起倒在了泥窝里。

两家的爹娘把孟姐姜妹救回屋里之后，姐妹俩浑身发热，昏迷不醒，三天之后都咽了气。两家的爹娘哭得死去活来，最后一起合计道："这两个孩子活着时形影不离，死了也让她俩做个伴儿吧！"两家的爹娘把自己的闺女埋在了地头上，两座新坟连着堆儿。

又过了三天，天上飞来一块祥云，从云彩上跳下来一个仙女，那仙女一头扑到孟姐姜妹的坟前，放声大哭道："二位好心的妹妹呀，你俩为救我失去了性命，让我跟你俩一起去吧！"话没落地，只听轰的一声，两座新坟齐齐炸开了，孟姐姜妹正揽着肩膀一起向龙女招手呢！龙女一下扑到了坟里，接着刮起了一阵旋风，两座新坟合成了一座大墓。

第二天，大墓上长出了一棵葫芦苗儿，苗儿出土后迎风就长，拖秧拉蔓，把那座大墓盖得严严的。末了结了一个大葫芦，两家的爹娘把葫芦摘了回去，打算锯开对半分。谁知刚一锯，葫芦就啪地炸成了两半，里面蹦出来一个粉团似的小闺女。两家的娘爹一起把她揽在了怀里，商量着给她起名叫"孟姜女"。

后来，孟姜女嫁给了万杞梁。

3.孟姜女嫁与万杞梁

孟姜女从葫芦里降生后，被姓孟的和姓姜的两户人家共同抚养着。到十八九岁时，她已出落成一个俊俏伶俐、人见人爱的大闺女。

这天夜里，孟姜女在后院洗澡，忽然听见树上有动静，抬头一看，是一个人。孟姜女很害怕，大声喊："你是谁？"树上的人也害怕了，咕咚一声摔了下来，战战兢兢地说："是我……"孟姜女又问："你是什么人，为什么爬到树上看我洗澡？"那人吓得浑身发抖，结结巴巴地说："小姐，我叫万杞梁，我……不是故意的。"孟姜女说："我一个姑娘家，洗澡让你看见了，叫我怎么嫁人？你到底是什么人？为什么深更半夜来到我家院子？"万杞梁不好再隐瞒，就把自己的身世说了出来。

原来，万杞梁也是莒国人，自从莒国被齐国吞并后，就被掳去服役修长城了。修长城可是个苦差，白天黑夜不停地干，人人累得皮包骨头。工地上天天都有人累死，人死后也不让其家里知道，都被垒在了城墙里。万杞梁眼看自己也要被累死了，于是在深更半夜逃了出来。逃出来后怕被官府抓到，就躲到了这个宅院里，没想到碰上了孟姜女洗澡。

听了万杞梁的话，孟姜女心里很是同情。再看看万杞梁一表人才，就说："公子，你知道我们这里的风俗，女子的身子只能给自己的夫君看。如今你看了我的身子，只有娶我才行。"

万杞梁心中自然乐意，可是一想到自己的境况，只得说道："小姐，不是我不乐意娶你，只是我是从服役工地上逃回来的，很可能还会被官府抓去。那样就害了小姐，我于心不忍。"

孟姜女见万杞梁还没娶她就这样心疼她，对他越发喜爱，于是就去告知了孟、姜两家的父母。父母看着二人挺般配，也很赞同，就为他们办了婚事。

4. 孟姜女寻夫

在临沂市沂水县一带，流传着这样一个孟姜女寻夫的故事：

孟姜女和万杞梁结婚后，恩恩爱爱地过着小日子。孟家有个仆人叫黑心，黑心见孟家没有儿子，就惦记上了孟姜女，打算将来给孟家当"倒插门"的女婿。可偏偏来了个万杞梁，坏了他的好事。黑心气不打一处来，他偷偷跑到县官那里，告状道："孟家窝藏了一个盗贼，叫万杞梁。"县官听了，说："赶紧给我抓来！"原来，县官正为修长城的人手不够而发愁呢，正好叫万杞梁给撞上了。一帮人不容分说地就把万杞梁抓了来，送去修长城了。

　　孟姜女新婚不久，丈夫就被抓走了，爹娘陪着孟姜女哭了一天又一天。这天，孟姜女对老人说："天冷了，我做好了棉衣给杞梁送去。"老人一听，吓了一跳，说："儿呀，长城离这里上千里，你不能去啊！"可孟姜女执意要去，老人拗不过她，只好叫黑心陪她一块儿去。

　　走出村子，到了没有人的地方，黑心就开始调戏孟姜女道："万杞梁一去，死活不知，你还是跟我过吧！"孟姜女知道硬拼拼不过他，就假装答应道："好是好，但咱俩成亲，也得找个媒人呀！"黑心说："这荒无人烟的地方，上哪儿去找媒人呀？"孟姜女说："你看那山沟里有朵花，你把它摘下来，咱俩就以花为媒吧！"黑心见那石崖下面确实有朵红花，但怎么才能摘下来呢？孟姜女说："这好办，把行李上的绳子解下来，我拉着一头，你拉着另一头下去摘花，不就行了吗？"黑心就解下了绳子，让孟姜女拉着一头，自己拉着另一头，哆哆嗦嗦地顺着石崖往下退。刚退了几步，孟姜女就撒开手将绳子一松，黑心咕咚一声摔到了石崖下边，立时绝气而亡。

　　孟姜女收拾好行李，自己一人往前走。她从小没走过远路，脚被磨得钻心的疼。忽然看见前边有个老头儿推着小车，一会儿歪到这边，一会儿歪到那边。老头看见孟姜女后，说："姑娘，你到哪里去啊？""我到修长城的地方去。""巧了，我也到那里去。你坐上我的车子，我推着你吧！""老大爷，您那么大年纪了，我年纪轻轻的，怎么好叫您推着呢？"老头儿又说："你看我这小车歪来歪去的，坐上人就不歪了。"孟姜

57

女说："我坐上试试，您要是累，我就下来。"

没想到这老头儿是个神仙，他让孟姜女闭上眼睛，他掐诀念咒，连人带车子升到了半空中，腾云驾雾地往前飞。老头儿还嫌慢，后面又加上了催风云。没用一袋烟的工夫，他们就来到了长城跟前。老头儿对孟姜女说："姑娘，睁开眼吧，到了。""到了？哪能这么快？"孟姜女睁眼细看，长城果真就在面前。孟姜女刚要向老头儿道谢，老头儿一转身，连车带人都不见了。

于是，孟姜女独自沿着长城寻找丈夫万杞梁，一连找了好几天都没找到。后来碰上一伙修长城的，孟姜女就问道："在你们这里干活的人中，有个叫万杞梁的吗？"大伙儿说："是有这么个人。""他在哪儿呀？"孟姜女急切地问。一个年长的民工悲伤地说："可恨的齐王用定阳针把太阳定在了天上，光有白天没有黑夜，监工就光叫人干活不叫人休息，谁歇下来就用鞭子打。万杞梁是个读书人，经不起折腾，死了。"

孟姜女听后，感觉就像天塌了一样。她强忍悲痛，问道："尸首在哪里？""尸首都被填到城墙里了。"孟姜女听罢放声大哭，直哭得天昏地暗，日月无光。正哭着，只听哗啦一声巨响，一段长城倒塌了，露出了一大堆尸骨。孟姜女咬破手指，将血滴在尸骨上，边滴边祷告说："相公啊，哪块尸骨是你的，滴上为妻的血就变红吧！"果真，有一块尸骨一滴上孟姜女的血，就变成了红色。就这样，孟姜女终于找到了丈夫的尸骨。

5. 孟姜女十哭长城

淄川区城子村是莱芜故城，也是齐长城上的一个军事要塞。传说，孟姜女哭长城的故事就发生在这里。村东山上有孟姜女哭长城的遗址，遗址上还建有孟姜女庙。

传说孟姜女刚嫁给万杞梁，万杞梁就被抓去修长城了。就这样，一对鸳鸯被无情地分开了，天各一方。

孟姜女非常悲伤，夜夜哭泣，无法入睡。一天夜里，孟姜女做了个梦，梦到丈夫浑身是血地向她走来，并告诉她不要指望他能回去与家人团聚了，让她另嫁他人。孟姜女追问丈夫这是为什么？丈夫没有回答，转头就走了。孟姜女哭着追赶，却被一块石头绊倒了，醒来后才知是做了一场梦。

秋天到了，孟姜女打听到丈夫在淄河岸边的三台山上修长城，决定做好寒衣给他送去。两家的老人知道后坚决不同意，孟姜女说："我生是他的人，死是他的鬼。这次出去，我要是找到杞梁，就想小法和他一起回来；要是一直找不到，就是讨饭也要找下去，死了也要和他葬在一起。"父母见孟姜女心意已决，只好哭着送她上路。

孟姜女带着为丈夫做的棉衣，一路打听一路走。历尽千难万险，终于来到了淄河边。但她并没有见到丈夫的踪影，经过多方打听，才知道丈夫早在几个月前就连病带累死掉了，尸骨被垒进了长城里。

得知丈夫的死讯后，孟姜女不吃不喝也不睡，爬到三台山上望着淄河水，一连哭了三天三夜。大概是孟姜女思夫心诚所

淄川孟姜女投河处（唐加福摄）

致，长城竟被哭倒了三十里，坍塌的土石里露出了块块白骨。孟姜女不知道哪一块是丈夫的，只知道这些白骨全是为修长城而死去的人的。孟姜女在哭干眼泪后，一头扎进了淄河。后来，人们把孟姜女站的那块石头称作"望夫石"，把她投水的地方称作"寻夫处"。

孟姜女死后，齐王尊称她为"烈女"，并为她举行了隆重的葬礼。后来，有人根据孟姜女寻夫的故事，编写了俚曲《十哭长城》，一直传唱至今：

> 一哭长城泪汪汪，掌上银灯去裁衣裳。未从去下剪，想想那身量。长短无尺寸，一阵好凄凉。凄凉不如见一面，哭坏小姐一孟姜。
>
> 二哭长城泪纷纷，做身寒衣挺绣针。做的袍和套，件件奴应心。推开菱花镜，玉女试试新。哭着哭着流痛泪，面前没见那穿衣的人。

三哭长城泪涟涟，身穿一件白布衫。乌云结丝扣，头戴雪花冠。身上穿重孝，麻绳三尺三。扎裹起来白似玉，哭下泪来湿了衣衫。

四哭长城泪两行，清水洗手下厨房。丈夫待吃长生面，上碗凉水，打了碗汤。待吃滋味好，还待奴去尝，尝好尝歹记在了心上。

五哭长城泪满腮，手托寒衣出得门来。未到荒郊外，脚步实难抬。冷风渐渐起，阵阵扑满怀。一道长城十万里，一步一步哭了来。

六哭长城泪盈盈，来到万里一长城。来到长城门，不见有人踪。堆堆黄沙土，阵阵起狂风。不知丈夫存身处，连叫十声没人答应。

七哭长城泪不干，头上拔下白银簪。就地划十字，就把灵台安。右手点浆水，左手焚纸钱。不知丈夫死何处，一处安身哭处使钱。

八哭长城泪号啕，死去的丈夫你听着：就地起旋风，平地三尺高。左刮左边起，右刮右边飘。丈夫你灵魂没消散，为奴送你上云霄。

九哭长城泪索罗，死去的丈夫你听着：衣服不如意，夜间把梦托。托梦来到奴面前，不对奴说对谁说。

十哭长城泪悠悠，哭到西山一抹秋。手扶尘埃起，急忙转回头。走了十步九回头，没见丈夫泪交流。

6. 孟姜女哭倒劈山

在淄博市淄川区一带，流传着孟姜女哭倒劈山的故事。

相传在齐国临淄的一个村庄里，有个美丽善良的姑娘，名叫孟姜女。孟姜女与万杞梁情投意合，互生情愫。但就在孟姜女听从父母之命、媒妁之言，与万杞梁喜结连理的时候，却遇上了士兵冲入家中抓壮丁。孟姜女与夫君尽管恋恋不舍，却也不得不忍痛分隔两地。

孟姜女在丈夫被抓走后，饱受思夫的煎熬。一天晚上，孟姜女入睡后，做了一个梦，梦见万杞梁日夜做工修建长城，他向孟姜女索要棉衣御寒。孟姜女惊醒后，连夜做好了棉衣，收拾好了行囊，决定去东南方寻找丈夫。

告别双亲后，孟姜女一路风餐露宿，历尽艰辛，终于来到

劈山脚下孟姜女故居（牛国栋摄）

了劈山齐长城下的涌泉村。经过几个月的奔波，孟姜女已极度虚弱，走到村南时，又饥又渴，昏死了过去。这时住在官道旁十八盘下的孟氏夫妇发现了孟姜女，他们立即把孟姜女抬到了家中，灌汤喂药，将她抢救了过来。知道孟姜女独自寻夫至此后，孟氏夫妇更对她照顾有加。孟氏房屋后面的盘山路旁有一块巨石，正对着劈山之上的齐长城，孟姜女养病期间，经常站在巨石上遥望劈山，想念夫君。

在孟氏夫妇的悉心照料下，孟姜女的身体逐渐康复。由于思夫心切，孟姜女未等身体痊愈就告别了二老，继续寻找夫君。临别之时，老少难分难离，孟姜女跪拜孟氏夫妇，将其认作义父义母。她含泪说道："滴水之恩，当涌泉相报。"

淄博淄川劈山上的千年石门（余文涵摄）

告别孟氏夫妇后，孟姜女再次踏上了寻夫之路。穿过几座山梁，来到了涌泉齐长城兵营下的劈山岭，这时孟姜女却被官兵拦住了。因为是军事要地，官兵不允许百姓登山。孟姜女再三求告也无用，就在岗哨旁的一块巨石上对着齐长城昼夜痛哭，直到口干唇裂。

这时，观音菩萨路过此地，悲悯地告诉孟姜女道："你丈夫已经累死了，被埋在了城墙底下，你喝点儿水回家吧。"说着手指一点，一个石瓢飘然而至，瓢中盛满了清水。孟姜女喝完水后，还是不肯回家，遥望着劈山上的齐长城痛哭不止。日复一日，夜复一夜，一转眼四十九天过去了，观音菩萨备受感动，便将孟姜女带至劈山齐长城跟前。面对高高矗立的齐长城，孟姜女泪流满面，声声呼唤道："我的夫君，你在哪里啊？"

突然，天空中阴云密布，狂风骤起，暴雨倾盆。一阵闪电过后，巨雷炸响，劈山上的岩石与城墙在电闪雷鸣中轰然倒塌。雨过天晴后，人们震惊地发现倒塌的岩石与城墙堆积在了山下，原为一体的山体被刀削般劈开了。

7. 孟姜女和齐宣王

在临沂市沂水县一带，流传着孟姜女戏弄齐宣王的故事。

相传孟姜女哭倒了长城，惊动了宫廷。齐宣王派官兵前来查看，长城果真倒了一大截。官兵就把孟姜女绑起来押到了王宫。齐宣王一看孟姜女这么俊俏，就赶紧让人给孟姜女松绑，并说只要孟姜女肯做他的妃子，就不治她的罪。孟姜女不肯屈从。齐宣王又威胁说，如果不从，就让她的亲朋乡邻去修哭倒的长城，直到把这些人都累死。

孟姜女怎么忍心让自己的亲人受苦？于是，就对齐宣王说："我可以答应你，但你得先答应我三件事。"齐宣王说："好，不用说三件事，就是十件事我也答应你。"孟姜女说："一是不要让我的亲朋乡邻去修长城；二是为我的丈夫披麻戴孝，举行葬礼；三是办完这些事后，让我到海边游玩三天。"

齐宣王听后满口答应。办完了前两件事后，他就陪着孟姜女来到了海边。孟姜女看着波涛涌动的大海，想起了自己冤死的丈夫，好不凄凉。于是她大喊一声："郎呀，我找你去了。"之后纵身跳进了大海。从此，孟姜女跳海的地方就叫"郎呀台"，后来人们把它改为"琅琊台"。

齐宣王没想到孟姜女会这样做，气得怒火中烧、七窍生烟。他拿出赶山鞭就把山往海里赶，他要把海填平，把孟姜女找出来，施以严刑。可是，齐宣王赶了大半天，也没找出孟姜女。原来孟姜女已被龙王的三女儿救进了龙宫。龙女得知孟姜女的遭遇后，非常同情她，就和她拜了干姐妹。这时候，龙宫被齐宣王赶来的山挤得摇摇晃晃。龙王大惊，龙女说："父王不要怕，女儿自有办法。"于是她摇身一变，变成了孟姜女的模样，走出了龙宫，来到了齐宣王面前。

齐宣王一看孟姜女回来了，喜出望外，忙上前问道："莫非你又愿意做我的爱妃了？"龙女点点头。齐宣王万分高兴，就和龙女回到了王宫，拜堂成了亲。洞房花烛夜，齐宣王开怀畅饮，没想到被龙女灌得酩酊大醉。龙女借机偷走了赶山鞭，回了龙宫。从此，世上再也没有了赶山鞭。孟姜女则一直住在龙宫里，再也没有出来。

8. 孟姜女送饭

在安丘市西南部山区，郚山与柘山两镇交界处的大车山长城岭南坡，有一个叫"疙瘩汤旺"的地方，这里布满了大大小小的面疙瘩样的石头。人们都说，这些石头是当年孟姜女给修长城的丈夫送饭时洒的疙瘩汤变的。

相传孟姜女从葫芦里降生，被孟、姜两户人家抚养成人。到十七八岁时，两家为她选中了一个叫万杞梁的小伙儿。两人婚后恩恩爱爱，甜甜蜜蜜。可是好景不长，婚后不久，官府征集民工，万杞梁就被抓去修长城了。

正当民工们冒着酷暑修长城的时候，一件怪事发生了。一个叫方四姐的新媳妇，摊上了一个泼辣的恶婆婆。新媳妇六月住娘家，恶婆婆限定时间吩咐活儿。她对新媳妇说："你撒羊去，拦羊来，一尺缎子八双鞋，剩下的布头和布角，再做三个荷包、两个针扎来！"在这么短的时间内，用这么少的布做这么多的物品，谁能办得到呢？但是方四姐能办到，因为她是仙女下凡，对付太阳她有高招。到了娘家，她将插在头上的定阳针往日影里一插，那太阳就走不动了，她便坐在屋里快快地做起活儿来，直到做完活儿才放开太阳，回了婆家。

方四姐定住太阳干完了自己的活儿，却把修长城的民工给害苦了。民工们冒着酷暑顶着烈日，干着各种各样的重体力活儿。官兵们拿着鞭棍在一旁监工，民工们稍有怠慢，就要挨鞭抽、挨棍打。这些还不算什么，最让人忍受不了的是白天太长了！民工们干饿了就吃饭，吃完了饭接着干活，一直吃了七十二顿饭，天才黑下来。许多民工累倒后就再也起不来了，万杞梁也这样累死了。监工们怕埋死人耽误干活，就干脆让垒墙的民工把累死的人垒到了长城里头。

悠悠长天，让在家的孟姜女担心起丈夫来。她想：人是铁，饭是钢，这么长的天，要给丈夫添加些饭食才行。于是孟姜女连忙做了一锅丈夫最爱吃的面疙瘩汤，用两个瓦罐装上，挑起担杖就上路了。

孟姜女边走边问，好不容易到了长城岭下。她气喘吁吁地挑着担爬上了山顶，站在长城下，她没有见到修长城的民工，更没见到丈夫的影子。她绕到一个关口，询问守城的士兵。一位士兵对她说："你找的人我知道，随我来。"说完便领着孟姜女穿过关口，来到了岭南坡，他指着一段城墙说："你丈夫和其他许多民工已经累死了，都被垒到这长城里去了！"

孟姜女听到这个噩耗，就像晴天炸响了一个霹雳，头晕目眩，一头栽倒在了地上。瓦罐摔破了，疙瘩汤洒落山野，担杖也丢出去老远。孟姜女醒来后放声大哭，直哭得天昏地暗、山河变色。突然，哗啦一声，城墙倒塌了一大片，孟姜女的丈夫，还有许多人的尸骨都露了出来。孟姜女猛扑过去，哭得死去活来，最后一头撞死在了尸骨旁的一块大石头上……

后来，孟姜女洒的疙瘩汤变成了一粒粒面疙瘩样的石头，破了的瓦罐变成了瓦罐石，没破的瓦罐变成了瓦罐山，滑出去的担杖也变成了一条长长的担杖沟。后人便根据这些地形地貌，一代又一代地讲述着孟姜女送饭的故事。

9. 戍妇石、姜女石、望夫石的传说

莱芜磨山村东有一座山叫"望夫山"，海拔高达539米，是莱芜的十大名山之一。山顶有一块竖立的巨石，呈四棱柱状，高约15米，各边长约7米，这块巨石叫"孟姜女石"，又叫"戍妇石"。当地传说，戍妇孟姜女的家就在这个山脚下，新婚不久，丈夫就去修长城了，自此杳无音信。戍妇盼夫心切，就手提面馓馇汤罐和馒头篮子，每日登上山顶眺望远方。日复一日，年复一年，戍妇望穿双眼也不见夫归，后来就变成了一块石头。面馓馇和馒头也化作大大小小的石块，洒落在了山坡上。

梦泉山下姜女庙（唐加福摄）

淄博市淄川区梦泉风景区"一线天"脚下，有块巨石叫"姜女石"，巨石上面有一个长方形洞口直穿石底。相传这块巨石的来历是这样的：春秋时期，齐庄公任命大将杞梁为先锋，攻打敌国。两军激战了三天三夜，杞梁不幸战死。噩耗传到临淄城，杞梁之妻孟姜女从城外一路迎接灵柩，来到梦泉"一线天"脚下时，再也无力行走，就坐在一块巨石上痛哭起来。天公为之感动，雷电交加，大雨滂沱，孟姜女直哭得天昏地暗，泪水和着雨水把巨石都击穿了。后来，人们把孟姜女哭夫时坐的那块巨石叫作"姜女石"，还在姜女石旁边建了座"姜女庙"。再后来，巨石旁边又长出了两棵杏树，日久天长，两棵杏树逐渐长在了一起，不仔细看都看不出来是两棵树。人们都说，这是孟姜女和她丈夫杞梁的化身。

青岛小珠山釜台筒峰顶上有一块巨石，被称作"望夫石"。巨石上面有几个石窝窝，传说是孟姜女寻夫时留下的脚印。当年孟姜女千里寻夫，来到小珠山时，天色已晚，无法通过西峰关。孟姜女非常着急，夜不能寐，就登上了釜台筒，站在一块巨石上向远处的齐长城眺望。但暮色苍茫，哪里看得见丈夫呢！她就在这块巨石上焦急地来回走动，盼着黑夜过后天放亮，她好过关与丈夫团聚。没想到一夜之间，孟姜女的足迹竟深深地印在了石头上，于是，后人便把这块巨石称作"望夫石"。

10. 孟梁台和姜女泉

淄博市淄川区太河镇有一座山叫"孟梁台"，它的来历是这样的：相传春秋时期，齐将杞梁在攻打莒国时战死了，他的妻子孟姜女闻讯后从齐都临淄出发，向南迎丧。当孟姜女走到马鞍山脚下时，恰逢淄河发洪水，她便爬到了马鞍山上避难。这时，孟姜女看到离马鞍山不远的另一座山上有一块大石板，便又爬到了那座山上。她在大石板上摆上供品，焚香祭奠丈夫杞梁。孟姜女在此痛哭数日，最后走下山去，投淄河水而死。后来，人们为了纪念他们夫妻俩，就将这座山命名为"孟梁台"。

　　在淄博市博山区西黑山东侧山腰上，有一间石垒的小屋，小屋里有一个泉眼，当地人都叫它"姜女泉"。传说孟姜女寻夫来到了黑山，听说丈夫已累死在了齐长城上，她悲伤至极，痛不欲生，滴到地上的泪水慢慢化作一股泉水，后来人们就叫它"姜女泉"。姜女泉四季不干，因此来这里取水的人络绎不绝。

四

人杰地灵：齐长城下名人多

齐长城倚山连壑，腾峻岭，跨莽野，两千余载吞云吐月；齐长城廊道之人文，亦是底蕴深厚，源远流长。古老的齐地，在姜太公所制定的"尊贤士，尚有功"的国策的影响下，有着"聚天下之奇士"的悠久传统。许多历史名人在齐长城下留下了印迹。"士可杀不可辱"的召忽，其墓地在齐长城脚下；被奉为"万世师表"的孔子，曾在齐长城边留有足迹；能"懂鸟语"的孔门弟子公冶长，在这里留有美丽的传说；"春秋五霸"之一的越王勾践，在齐长城东端建有望越楼；齐鲁边境的一座普通的山，因孟子而得名；著名军事家孙膑，与齐长城有着不解之缘；秦时的著名方士徐福，亦为齐长城增色添彩；"汉初三杰"之一的韩信，足迹遍布齐长城沿线；晋代齐地孝妇颜文姜，以孝侍公婆而名扬天下；宋朝的开国之君赵匡胤，亦曾驻足齐长城下；清代孝妇乡浮屠滩（今属淄博博山）人岳含珍，时人誉之为"当代神医"；《聊斋志异》的作者蒲松龄，也曾赋诗于齐长城的青石关。

1. 召忽和召忽墓

齐长城脚下的"召忽墓"，见证着发生于两千七百多年前的一段历史。召忽（？—前685），春秋中期齐国的大臣。有人说，召忽、管仲和鲍叔牙对当时的齐国来说，就像鼎的三足，去掉一个，齐国这只大鼎就立不起来了。

召忽的先祖是姬奭，姬奭是周文王的儿子、周武王的弟弟。因其食邑在"召"，所以又被称为"召公"或"召伯"。召忽生活在春秋时期的齐国，正值第十三位国君齐僖公与第十四位国君齐襄公在位之时。齐僖公有三个儿子：公子诸儿、公子纠和公子小白。公子诸儿是君位继承人。为了更好地培养儿子，齐僖公委派召忽与管仲辅佐公子纠，委派鲍叔牙辅佐公子小白。

齐国公子的三位师傅，从《管子·大匡》中的记载来看，其资历排名应该是先召忽、次管仲、再鲍叔牙。齐僖公委派鲍叔牙辅佐公子小白，鲍叔牙不愿意，于是就称病不出门。召忽和管仲去看望鲍叔牙，问他道："为什么不出来干事呢？"鲍叔牙回答说："先人讲过，知子莫若父，知臣莫若君。现在国君知道我不行，才让我辅佐公子小白，我是不想干了。"召忽说："你若是坚决不干，就不要出来，我去跟国君说你快要死了，这样你就可以免除辅佐公子小白的责任了。"鲍叔牙说："你能这样做，哪还有不免我的道理呢？"管仲却说："不行。主持国家大事的人，不应该推辞工作，不应该贪图清闲。将来继承君位的，还不知道是谁呢。你还是出来干吧。齐国人都厌恶公子纠的母亲，以致厌恶公子纠本人，而公子小白因为没有母亲，深得人们的同情。公子诸儿虽然居长，但品质卑劣，前途如何还说不定。将来能治理齐国的，也就是公子纠和公子小白了。"最后，鲍叔牙听从了管仲的劝说，接受了任命。

齐僖公去世后，公子诸儿即位，也就是齐襄公。齐襄公在位期间（前698—前686），荒淫无道，滥杀无辜，外伤诸侯，内乱国政。齐襄公外伤诸侯的突出表现是连杀鲁、郑两大盟国的国君。公元前694年，齐襄公与鲁桓公会盟于泺。之后，鲁桓公携带其夫人文姜来到齐国。文姜是齐襄公的妹妹，她与齐襄公私迪，受到了鲁桓公的谴责。齐襄公就派彭生杀害了妹夫鲁桓公，而后再杀彭生以向鲁国交代。此后仅仅三个月，齐襄公又杀了郑国国君子亹。齐襄公的所作所为，不但使齐国与鲁国、郑国的关系变得紧张，也引起了其他诸侯国的不满和不安。齐襄公内乱国政，他的暴虐无信，引起了大臣公孙无知、连称、管至父等人的不满。公元前686年，齐襄公被连称、管至父、公孙无知等人杀害。公孙无知自立为齐国国君。

齐襄公被杀死后，召忽与管仲陪同公子纠到鲁国避难，鲍叔牙则辅佐公子小白投奔莒国。弑杀齐襄公而自立为君的公孙无知也以残暴著称。公元前685年的春天，公孙无知到雍林游玩，被人杀害，齐国出现了没有国君的局面。

在这种情况下，能够登上君位的人选有两个：一个是避难在鲁的公子纠；另一个就是避难于莒的公子小白。公子纠的母亲是鲁国人，鲁国自然成为公子纠的强大外援。鲁国为周天子的同姓分封国，具有很高的地位和号召力，加上召忽与管仲的辅佐，所以公子纠具有很强的竞争力。而公子小白自小与齐国大夫高傒关系友善。高氏、国氏为齐国的上卿，得到他们的支持，公子小白便足以与公子纠抗衡。尽管管仲和鲍叔牙十分要好，但此时他们都想辅佐自己的主公取得齐国国君的位置。于是，一场为君位而起的兄弟之争就拉开了序幕。

齐国上卿高子和国子，悄悄派遣使节到莒国召公子小白回国；鲁国也发兵护送公子纠返齐。为了抢占先机，鲁君与公子纠派管仲率一支轻装部队，赶往莒国通往齐国的大道上阻截公子小白。当管仲一行发现公子小白的队伍向齐国进发时，便张弓搭箭对准公子小白射了过去，只见公子小白应声倒在了车上。管仲以为公子小白被箭射死了，便派人驰报公子纠。公子纠得到这个消息后，觉得再也没有人与自己争夺君位了，于是就不慌不忙地返回齐国。其实，公子小白并没有死，管仲那一箭恰巧射在了公子小白的衣带钩上。公子小白借机假装中箭身亡，以迷惑对方。等管仲一行人走后，公子小白蛰卧于车中，急行疾驰，日夜兼程，率先赶到了齐国都城临淄。高子、国子立即拥立公子小白为国君，他就是历史上的"春秋首霸"——齐桓公。

齐桓公登上齐国的国君之位后，为了巩固自己的君位，发兵攻打鲁国。齐、鲁在乾时大战，鲁军败走。齐桓公乘机遣人对鲁国国君说："天无二日，家无二主，国无二君。公子纠与我争夺君位，已犯下逆天之罪。但因是兄弟之亲，不好自己下手，所以请你帮我杀了他，把人头带来。召忽和管仲，我要活的，因为要在太庙杀了祭祀。"鲁国打了败仗，在齐国的胁迫之下，不得不杀了公子纠，又把召忽、管仲捆了起来，准备押送到齐国。

管仲问召忽道："你害怕吗？"召忽回答道："怕什么？我不早死，是等待国家安定。现在一切都尘埃落定，如果让你当齐国的左相，也一定会让我当齐国的右相。但是，杀了我的主君而重用我，是对我的侮辱。你作生臣，我作死臣好了。我召忽为公子纠而死，公子纠可以说是有效死的忠臣了。你活着使齐国能称霸诸侯，公子纠也可以说是有活着的能臣了。死者完成德行，生者完成功名，但生名与死名是不能兼顾的。你努力吧，死生在我们两人是各尽其分了。"于是，召忽、管仲被押解着返回齐国。一进入齐国的国境，召忽就自杀而亡了。人们评价道："召忽的死，比活着更贤；管仲的生，比殉死更贤。"

召忽死后，葬于齐国的东南边境，再往东南就是莒国，往西南则为鲁国。召忽墓的两边有两个村庄，一曰"东召忽"，一曰"西召忽"，原来属于召忽镇，现属安丘市石埠子镇。

召忽墓封土高 3 米，直径为 6 米，面积约为 100 平方米，1979 年被公布为县级重点文物保护单位，2022 年被公布为省级重点文物保护单位。墓前有清代雍正年间的进士马长淑竖立的一通墓碑，上面刻着"齐召忽墓"四个大字及介绍召忽生平的碑文。这座已有两千七百多年历史的古墓，将三个古国、两位公子和他们的三位师傅的经历紧紧地联系在了一起，无声地诉说着历史的沧桑。

2. 孔子与夹谷会盟

在今莱芜与博山的交界处，齐长城的边上有一座"夹谷台"，它所处的这座山原本只是泰沂山脉中的一座小山，但因为与孔子的关系而名扬天下。

周初大分封，姜太公和周公分别被封于蒲姑和商奄旧地，建立了齐国和鲁国，以镇抚东方。齐居泰山之阴，鲁居泰山之阳，由于姜太公与周公的，西周时期，齐国与鲁国的关系比较友善，两国之间亦常有姻亲。到了春秋时期，两国疆域不断拓展扩大，基本控制了今山东地区，但两国的关系大不如以前，经常大动干戈。夹谷会盟之前，齐国就夺取了鲁国的许多土地。

鲁定公在位的时候，任用孔子为大司寇，掌管刑法和外交事务。孔子兴礼乐，重教化，使得鲁国日益强盛。这引起了邻国齐国的恐慌。齐国大臣犁弥向齐景公提醒道："鲁国任用孔丘，继续发展下去就会危及咱们齐国。"齐国君臣合谋削弱鲁国，于是派出使者告知鲁定公，两国国君约定在齐、鲁交界处的夹谷举行盟会。

鲁定公接到会盟的消息后有些犹豫，齐强鲁弱，齐国以前多次侵占鲁国的土地，这次竟主动和好结盟，是什么意思呢？为此，他特地把孔子请来拿主意。孔子认为鲁定公应该去，因为齐国是按礼办事，如果鲁国没有回应，那就是失礼了。但是鲁定公仍然犹豫不决。孔子进一步劝说道："齐君来函说是'乘车之会'，不带兵车，表示友好。"鲁定公这才放下心来。但孔子接着说："凡文事者必以武事备之，古代的诸侯出疆，必有官员随从，您还是带上左右司马吧。"鲁定公接受了孔子的这一建议，命大夫申句须为右司马，乐颀为左司马，各自率兵车五百乘随行。又命大夫兹无还率兵车三百乘，在距离夹谷台十里的地方安营扎寨。

齐国的大夫犁弥轻率地认定"孔丘知礼而怯"，是个只懂礼仪、不懂军事的人。于是，他向齐景公秘密献计：派附近的莱人在盟会上假装演奏莱乐，伺机用武力劫持鲁定公。

到了会盟的时候，鲁定公与齐景公在夹谷之地会面，按照诸侯之间的礼节相见，然后登坛。宴饮献酬之礼完毕后，齐国的礼官说："请传令演奏四方的舞乐。"齐景公说："好。"

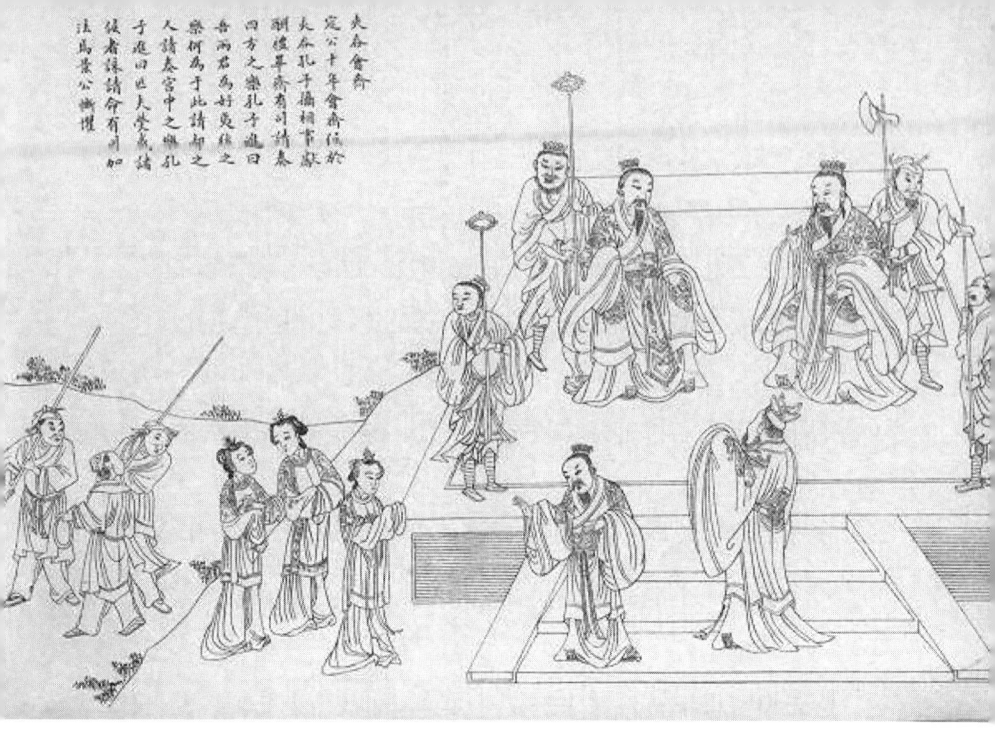

夫春会齐
定公十年会齐侯於
夹谷孔子摄相事齐
侯将享鲁有习请奏
四方之乐孔子远曰
吾两君为好是後之
乐何为于此请却之
人请奏宫中之樂孔
子趋曰此大燮氛诸
侯者诛请令有司加
法焉景公惭懼

孔子夹谷会齐图

于是，莱夷乐人打着旌旗，挥舞着羽毛、彩缯，手持矛戟剑盾，击鼓呼叫着前来。齐景公想按照原先的计划，以奏四方之乐为名，让莱人全副武装，鼓噪而至，在惊慌之中劫持鲁定公。

就在莱人表演之时，被犁弥称作"知礼而无勇"的孔子突然站起来，从容不迫地沿着盟坛台阶登于坛上，一边保护鲁定公后退，一边义正词严地大声说："两国国君友好会盟，为何不遵周公礼仪，不用宫廷雅舞？让蛮夷之人来这里干什么？你齐国国君还怎么能号令诸侯？大家都应当遵守礼数，不然就是对神的亵渎，就是对德行的罪过，就是对人的失礼。我想齐景公肯定不会这样做吧？"孔子的反问义正词严，又给足了齐景公面子，这也令齐景公十分尴尬。齐景公心知失礼，便挥手把

78

乱舞的莱人斥退，并当场认错道："这是寡人之过啊。"

过了一会儿，齐国的礼官说："请传令演奏宫中的舞乐。"齐景公说："好。"艺人侏儒便嘻嘻哈哈地走上前来。孔子又发现情形不对，快步走到鲁定公面前，说道："匹夫侮辱诸侯，其罪当诛！"命令右司马杀死了在鲁定公面前戏耍的小丑。齐景公看到这种情景，内心惊恐不已。

夹谷会盟的最后环节是缔结盟约。这时，齐国突然宣布要在盟约中增加一条：将来齐国出兵作战的时候，鲁国必须出动三百乘兵车助战，否则，就是破坏此盟约。很明显，这是要鲁国无条件地承认自己是齐国的附庸国。面对这种情势，孔子紧张地权衡着。他知道，鲁国与齐国力量悬殊，此行的目的就是求得和平与安全。但是，如果向齐国屈服，不仅会使鲁国失去实际利益，更会使鲁国的声誉受到损害。

孔子审时度势，也提出了新的条款：如果齐国不把阳虎奔齐时侵占的鲁国汶阳地区的郓、讙、龟阴三地归还，而让鲁国出兵车，也是破坏此盟约。面对孔子这一义正词严的主张，齐国只好答应了鲁国的要求。于是盟约中便增加了这两条新的条款，齐国也于盟会之后归还了原先所侵占的汶阳三地。

回到都城临淄后，齐景公责备群臣道："鲁国的臣子用君子之道辅佐他们的国君，而你们却引导我学夷狄的陋俗，真是丢人！"

孔子以礼辅佐鲁定公，在夹谷会盟中取得了外交胜利，可谓是彰显了鲁国的国威。孔子在夹谷会盟上的表现，充分显示出了一位伟大的思想家、政治家、外交家的才能和胆识。在夹谷会盟中，孔子随机应变，有礼有节，使齐国国君想用武力劫持鲁君的阴谋没能得逞。孔子运用外交手段进行斡旋，懂得在合适的时候以退为进，不仅使齐国国君心服口服，而且还为自己的国君赢得了极大的尊重，并为鲁国收回了失地。

3. 懂鸟语的公冶长

在潍坊安丘市庵上镇孟家旺村北的城顶山前坡，有公冶长书院。这里据说是孔子的女婿，当然也是其喜爱的学生公冶长教授弟子的地方。每年的清明节和农历的四月初八，方圆百里的父老乡亲都喜欢到这里来赶庙会。书院中有两株硕大的银杏树，巨干参天。

公冶长像

公冶长自幼聪颖好学，生性喜爱鸟类，并精通鸟语。一天，有只鸟儿飞到了公冶长的住处，叫道："公冶长，公冶长，南山顶上虎拖羊。你食肉，我食肠，快去取来莫彷徨。"公冶长听到后，立即赶到了南山，果然看见有只被老虎咬死的羊。他把羊拖回了家中，把羊肉煮熟吃掉了，而把羊肠子埋到了地里。公冶长没有遵守和鸟儿的约定，没有让鸟儿吃到羊肠，故而受到了惩罚。羊的主人顺着踪迹找到了公冶长家，看到他吃了羊肉，就告他偷羊。公冶长因为偷盗罪被关进了监狱。

过了几天，一只鸟儿飞到了监狱附近，大声叫道："公冶长，公冶长，齐人领兵侵我疆。沂水滨，沂山傍，当去御之莫彷徨。"公冶长听到后，立即想办法把这个消息告知了鲁国国君，并说是鸟儿告诉他的。鲁国国君将信将疑，但为了预防万一，还是急忙派兵前往，果然看到齐军前来侵犯。鲁国国君派奇兵突袭，将来犯的齐军打得落花流水。鲁国国君这才相信公冶长真的通鸟语，就把他从牢狱里释放了出来，并大加赏赐，还想封他做大夫。公冶长觉得因识鸟语而得到利禄是令人羞耻的事情，就没有接受鲁国国君的赏赐。

又过了一段时间，有鸟儿告诉公冶长，孔子是天下知名的老师，读书人应该向孔子学习。于是，公冶长接受了鸟儿的建议，准备到曲阜拜孔子为师，学习礼仪和知识。一路上万鸟跟随，蔚为壮观。公冶长觉得这样做会扰乱曲阜杏坛的秩序，就停下来对众鸟说："你们先回城顶山吧！等我学成回来后，咱们再相伴玩耍！"于是，众鸟飞归山林，只留下一只鹦鹉伴随公冶长学习。

到了曲阜，公冶长拜师孔子，学习六艺，操习礼仪。后来，公冶长凭借鸟语绝技，护卫孔子巡游列国，受到了孔子的器重。又因为他轻官禄重仁义，人品厚重，深受同窗的喜爱。

孔子有一个女儿，秀外慧中，当时正值婚配的年龄，倾慕她的人很多，提亲的人也很多。但她只想靠着天赐的缘分找一个好夫君。一天，她在河边游玩，一不小心跌落水中，眼看就要淹死了。当时，公冶长正在书房苦读，忽然听到窗外的鹦鹉大声疾呼道："快来帮忙，一女落水，救来拜堂！"公冶长听到后，立即跟着鹦鹉跑到了河边，毫不犹豫地跳到河水中，救起了孔子的女儿。情急之下，孔子的女儿抱紧了公冶长的脖子。孔子得知女儿性命无忧，非常高兴，就说："天作缘，鸟为媒，水相连，千古姻缘！"随即安排鼓乐礼仪，当晚就让女儿和公冶长拜堂成了亲。

完婚之后，公冶长就和妻子回到了城顶山。他在南山腰造房修屋，开院收徒，弟子有数百人。

有一年春天，孔子非常思念女儿，于是就告诉了弟子子路和颜回。颜回说："南山上有一种奇木，雄树开花不结果，雌树结果不开花，千年相依，古称'公孙树'，俗称'银杏树'。何不移来给公冶长送去，祝他们夫妻二人千年好合，永结同心？"孔子听了非常高兴，点头赞同。

于是，孔子师徒带着两棵银杏树，启程前往了城顶山。这时早有鸟儿探听到消息，报告给了公冶长。公冶长和妻子非常高兴，早早就出门数里前来等候。孔子师徒正走在路上，突然天上飞来四只苍鹰，抓起车上的两棵银杏树就飞远了，一会儿就看不见了。孔子师徒都很惊愕，认为可能是公冶长不配拥有这样的奇树，才被苍鹰叼走了。

迎接孔子等人回到家后，公冶长看到老师心事重重的样子，就偷偷问颜回和子路怎么回事。颜回和子路就讲了银杏树被老鹰叼走的事情。听完,公冶长哈哈大笑,说:"大家不用担心,我猜测银杏树已经被送到城顶山了。"正在这时候,那四只苍鹰叼着银杏树从天而降。众人这才知道,原来是苍鹰帮忙把银杏树带了回来,就都释然了。

于是,孔子手持铁锹铲土,和公冶长夫妇、子路、颜回等人一起栽种银杏树。银杏树栽好后,孔子手扶公冶长的肩头,语重心长地说:"书温故而知新,树常育而日壮。"公冶长谨遵老师孔子的教诲,好好地爱护银杏树,好好地读书,好好地教授学生。

公冶长去世之后,他的弟子秉承遗志,对银杏树管护有加。现在,公冶长书院的两棵银杏树依然树茎茁壮,挺拔屹立,堪称"潍坊树王"。并且两树根相连、枝相交,宛如夫妻一样,因此被誉为"天下第一夫妻树"。

4. 勾践与望越楼

齐长城东端有一座望越楼,这座楼位于山东青岛琅琊山的琅琊台上。此楼因与"春秋五霸"之一的越王勾践有关系,其影响也就不同凡响了。

公元前 496 年,勾践登上君位,史称"越王勾践"。越王勾践即位之初,就在檇李(今浙江嘉兴西南)与相邻的吴国进行了一场战争,并大获全胜。但公元前 494 年,在与吴国的夫椒之战中,被吴国打败。越王勾践被吴王夫差围困在今浙江省绍兴市的会稽山上,最后勾践不得不向吴国求和,称臣于吴。

战败的越王勾践以奴隶的身份侍奉吴王，甚至尝吴王的粪便以表"忠心"，他卧薪尝胆，隐忍磨砺达三年之久。

三年后，越王勾践被释放回越国。越王勾践回国后，重用范蠡、文种等贤臣，国力渐渐强盛。越王勾践十五年（前482），吴王夫差兴兵参加了与晋国的黄池之会。为彰显武力，吴王夫差率精锐而出，"万人以为方阵"。越王勾践抓住吴国国内空虚的机会，率兵进击吴国。在这种情势下，吴王夫差不得不仓促与晋国定盟而返。在接下来的交战中，吴军惨败，不得已与越国议和。公元前478年，越王勾践再度率军攻打吴国，在笠泽大破吴军。吴军"三战三北"，尸横遍野，一败涂地，吴王夫差带着残兵败将退入吴都姑苏（今江苏苏州）城中，坚守不出。越王勾践取得了笠泽之战的重大胜利。越军围困姑苏城，直至公元前473年十一月，吴都城破，吴王夫差逃到了姑苏山一带，求降不得而自杀，吴国为越王勾践所灭，越王勾践也就成了春秋时期的最后一位霸主。

越王勾践灭吴后，为了称霸诸侯，决定向北拓展。根据《吴越春秋》《越绝书》等古籍的记载，公元前468年，越王勾践将国都从南方的会稽（今浙江绍兴）迁到了北方的琅琊（古时称"琅邪"）。越国迁都，声势浩大，君臣携家眷、奴仆、工匠等上万人，"戈船三百艘"，从海上抵达琅琊。越王勾践在琅琊站稳脚跟后，在琅琊山上修筑了观台，在台上"歃血为盟"（将祭牲之血涂在嘴边，表示发誓信守），号令齐、晋、楚、秦四国君主共同尊扶周王室，为"尊王攘夷"的春秋霸业模式画上了一个圆满的句号。

《越绝书》中记载,越王勾践迁都琅琊之后,营建了琅琊台,台的四周有七里之长。越王勾践因思念故乡,又在琅琊台上营建了望越楼,常登楼远眺。据说当年晴空万里的时候,登上望越楼可以看到远在东海之滨的浙江绍兴。当年的一代霸主——越王勾践,站在望越楼上,纵目南海,遥寄情思,表达着对越国故乡的绵绵怀念之情。

5. 孟子和孟子山

在齐长城的中段淄博市淄川区东坪镇境内有一座山。从山形与山势方面看,此山是泰沂山脉中的普通一员,但因"亚圣"孟子而有了一个响当当的名字——"孟子山"。

"孟子游齐"是中国文化史上的重大事件。根据《史记》

孟子山春色（唐加福摄）

等书的记载，孟子在齐威王、齐宣王时期，曾先后三次（也有说是两次，实际上是将第二次与第三次看成是一次）来到齐国，在齐国居住的时间达十几年之久。

孟子第一次来到齐国，是在齐威王二十八年（前329），他在齐都临淄待了四年左右。此时的孟子雄心勃勃，对管仲的霸术不屑一顾，他建议齐威王"以德行仁"。当时诸侯列国都在争雄，齐威王任用田忌、孙膑等军事人才，主要是为了同中原的魏国抗衡。所以，孟子的"仁政"理论在齐威王那里显得有些"不合时宜"。齐威王三十一年（前326），孟子离开齐国去了宋国。

孟子第二次来到齐国，是在齐宣王元年（前319），他从齐国的范邑（今河南范县）来到了临淄，经过平陆（今济宁汶上）时，齐相储子派人给孟子送礼，齐宣王会见了孟子，并把他延请到了齐都临淄城东的雪宫，以"宾师之位"礼遇孟子。后来，齐宣王给了孟子"卿大夫"的职位，并向孟子请教"齐桓晋文之事"。这时的孟子已经享誉列国，到齐国的时候，随行车辆有数十驾，随从达数百人。孟子在齐国时，曾多次与齐宣王论政。这时的孟子意气风发，才华横溢，雄辩滔滔，有时竟使齐宣王无言以对，不得不"顾左右而言他"。由于齐宣王的礼遇，孟子产生了在齐都临淄久居的念头。齐宣王二年，孟子把母亲接到了齐国。第二年，孟母卒于齐国，孟子扶柩返回邹国，居家守丧。

孟子守丧三年完毕，第三次来到了齐国。这一年，齐宣王命大将匡章率军在五个月内攻下燕都。齐宣王曾问孟子攻下燕都后怎么办，孟子主张安置好燕国君主后撤出燕国。但是，齐宣王急欲横扫天下，没有接受孟子的"王道"主张。齐宣王八年（前312），燕人奋力反抗齐国，齐国不得不把军队从燕国撤出，这时齐宣王慨叹孟子的预测准确，"甚惭于孟子"。齐宣王的行径与孟子的政治理想相去甚远，孟子心中不快，怅然离开了齐国，返回了故乡邹国。

从淄博市临淄区到博山区，有一条交通大道叫"长峪道"，有学者认为这就是著名的"齐鲁古道"。自临淄起，经淄川入博山，过大河、源泉、北博山、石马等村，经石马的"过境桥"进入莱芜，全长约三百里。长峪道是当时鲁中山区通往鲁北平原的重要大道。这条道路正好也是沿淄河滩形成的，南去博山区的石马，出博山进入莱芜境内，北去青州，恰好与通往临淄的道路相连。现今淄川区的口头、张庄、岳阳山一带，博山区的源泉等地，都有齐长城的遗址。相传孟子最后离开齐国时，就是沿着长峪道在昼邑住宿了三日后离开的。孟子在昼邑摆出了一副回邹国的架势，但又对齐国有不舍之情，若是齐宣王挽留则回齐国，不挽留则回邹国。

"孟子山"在长峪道边上，东坪地区的人们世代相传，说孟子在返回邹国的途中"三宿于昼"之时，曾登临此山。后人以他的名字命名此山，以示纪念。

6. 孙膑与马陵道

淄博市淄川区境内有一条马陵道，这是一条东西走向的峡谷谷底之道，有说战国时期孙膑与庞涓对决的齐魏马陵之战就发生在此地。

孙膑曾与庞涓同窗，庞涓后来出仕魏国，他认为自己的才能比不上孙膑，于是暗地派人将其请到魏国，加以监视。孙膑到魏国后，庞涓捏造罪名将其处以膑刑和黥刑，挖去了孙膑的膝盖骨，并在他脸上刺了字，想使他埋没于世，不为人知。齐国使者觉得孙膑不同凡响，于是偷偷地用车将他载回了齐国。

当时，魏国以大国、强国自居，准备以武力吞并韩国。于是，魏国国君任命太子申为帅、庞涓为大将，率十万大军直逼韩国。韩国比较弱小，其军事力量难敌强大的魏国，只得向齐国求援。齐王征询孙膑的意见，孙膑认为，魏恃其强，连年东征西战，屡获胜利，也早有图齐之心。齐不救韩是"弃韩以肥魏"，魏越强大，对齐越不利。但如在魏韩交战之初就出兵援韩，齐军与兵强马壮的魏军交战，势必损失惨重。因此可先派遣使节告知韩国，齐国一定会派兵救援。这样交战之初韩军一定会尽全力抗击魏军。韩国的兵力消耗了魏军的实力后，齐国再出奇兵攻打魏军，必获大胜。齐王赞成孙膑的意见，命令齐军加强战备，伺机而动。

韩国得知齐国决定援韩后，军心大振，连续向魏军发动了五次反攻，虽未取胜，但重创了魏军。而韩军伤亡也很重，不得已只能催促齐国速速出兵救援。齐王见时机成熟，便任命田忌为帅、孙膑为军师，出兵援韩。齐军采用了孙膑的计策，没有去韩国和魏军对阵，而是直逼魏国的都城大梁。魏王感到形势紧迫，急令庞涓停止对韩战争，回师迎击齐军。

庞涓自恃兵强马壮，不把齐军放在眼里，他立马挥师，回救大梁。两军相遇后，魏军气势汹汹，决定与入境的齐军决一死战。而齐军则采取了孙膑的"迂回战术"，不与强敌正面交锋。初次交锋，齐军以假败激起魏军的轻敌情绪，并实行有计划的战略退却。在退兵途中又采取了"减灶诱敌"的策略，进一步迷惑敌人。退却后第一日，齐军宿营地留设十万个灶台，第二日减为五万个灶台，第三日减为三万个灶台。庞涓果然中计，对部将说："我早就知道齐军怯阵，才交锋三日，士卒已逃走过半。这次一定要消灭齐军，攻入齐国都城。"

最后一日，庞涓由城子要塞进入了齐国的第一道长城，沿淄河北进。此时魏军已疲惫不堪，而孙膑率军早已埋伏在了马陵道的险峻陡崖之上。马陵道本来就非常狭窄，孙膑又让士兵砍倒了路旁的树木，设障堵路，并选了一棵大树，剥去了一块树皮，上书"庞涓死于此树之下"。当魏军进入马陵道时，天色将昏，魏军前锋人马被齐军砍倒的树木所阻，庞涓下令排除障碍，继续前进，并亲自到阵前督察。他突然发现前面的一棵树上隐隐有字迹，于是举火把照明，当他看出树上所写之字时，方知中计。此时埋伏在陡崖之上的齐军万箭齐发。突遭袭击，魏军大乱，纷纷被乱箭射死，庞涓也死于齐军的箭下。

庞涓死后，他的首级被埋在了附近的一个村里，后来这个村改名叫"将军头村"。被射死的战马和士兵也被就地埋葬，埋葬之地后被称为"马陵"，这也是附近"马陵道"和"马陵村"的来历。

7. 徐福与徐山

徐福，齐地琅琊郡人，秦代著名的方士，相传也是鬼谷子的关门弟子。他博学多才，通晓医学、天文、航海等知识，在沿海一带的民众中名望甚高。

徐山，位于青岛市黄岛区小珠山以东，因徐福自此东渡而得名。《增修胶志》中说，方士徐福就是在这里，带领三千童男童女入海采药而没有返回。齐长城从其上蜿蜒而过，山上立有"齐长城遗址"的石碑。山的东坡有天然石洞，内有石炕、石桌、石凳，传说是徐福修行炼丹之处。现在洞已坍塌过半，洞口立有"徐福石屋"的标志碑。

相传秦始皇统一神州后，妄想长生不老，永远统治天下。他听说东海中有蓬莱、方丈、瀛洲三座仙岛，上有神仙，还有长生不老之药，于是派徐福出海寻仙求药。

但是三座仙岛非常神秘，要想找到并非易事。徐福第一次出海未能找到仙岛，但又怕受到秦始皇的惩治，于是编造了一套谎言。见到秦始皇后，徐福说他找到了仙岛，但并见到了岛上的神仙。神仙问他："来这里干什么？"徐福说："愿求长生不老之药。"神仙说："你带来的礼物太少了，所以只能看而不能取。"徐福问："那送些什么礼物才行呢？"神仙回答道："要送若干童男童女和百工巧匠才行。"

秦始皇听后很高兴，派三千童男童女和各种工匠随徐福再次出海。但这一次出海后，徐福就再也没有回来。徐福带着童男童女和能工巧匠到底到哪里去了呢？传说是去了今天的日本。到了日本之后，徐福就让三千童男童女结成了夫妻，在此定居了下来，他们与当地的百姓和睦相处，并教他们种地、养蚕、织布，从此岛上人丁兴旺，五谷丰登。所以日本至今都有徐福祠，并对徐福充满了敬意。

徐福是从哪里出海的呢？相传就是从徐山。徐福由此登舟远去，一去不返。后人为了纪念他，就把这座山改名为"徐山"。

8. 韩信与韩信沟

韩信（约前231—前196），淮阴（今江苏淮安）人，与萧何、张良并称为"汉初三杰"，被后人奉为"兵仙""神帅"。在楚汉战争中，刘邦与项羽双雄对峙，辩士蒯彻曾对韩信说："现在汉王刘邦与楚王项羽的命运取决于您。您帮助汉王则汉胜，支持楚王则楚胜。您若是听臣之计，则可以与汉王、楚王三分天下，鼎足而居。"当时的天下大势是东有齐，西有汉，楚居中间，三方势均力敌，所以韩信的选择完全可因左右天下局势。项羽派人游说韩信与楚联合，三分天下，韩信则因刘邦信任重用自己而婉辞。对蒯彻的"三分天下，鼎足而居"之策，韩信也因刘邦对自己信任有加，并且自己功劳巨大，刘邦不会夺其兵权而拒绝了。

公元前203年，韩信兵临齐境，听说郦食其已游说齐王归顺汉王刘邦，于是打算停止进兵，但辩士蒯彻却劝韩信继续进攻。在韩信的威逼下，齐王只能向楚求援，项羽派龙且率军援齐。韩信在潍水（今山东潍坊）击破齐楚联军，乘胜追击残敌，俘

韩信像（清代殿藏本）

虏了齐王田广，尽定齐地。韩信定齐后，派人对刘邦说："齐伪诈多变，反覆之国，愿为假王以镇之。"在张良、陈平的建议下，刘邦干脆立韩信为齐王。

韩信在齐地征战的时间比较长，所以在齐长城周边留下了许多历史遗迹。其中，"韩信沟"的故事流传甚广。

现在，淄博地区还有一条"韩信沟"。传说韩信当年攻打临淄城时，见临淄城城墙坚固，短时间内难以攻下，于是就仔细查看地形，以寻求最佳的攻城方案。他发现齐都临淄所处的区域地势南高北低，城南又有淄河流过，于是想挖一条东南—西北走向的大沟，引淄河水淹没齐城。当时，在韩信挖河道处，有一个村庄。村民们在一名叫晏曾的义士的带领下，筑高了村南的高崖，然后顺崖往东又挖了一道沟，与附近的几条沟渠相连通，将韩信从南边引过来的淄河水又送回了东边的淄河里。此后，人们为了纪念这段历史，便把村子称为"断流庄"。至今，这里还流传着"韩信掘河淹齐城，晏曾留下断流庄"的民谣。后来，人们认为"断"字不吉利，便把"断"字改成了"永"字，称为"永流庄"。当初韩信所挖的那条沟，人们便称之为"韩信沟"。

潍坊地区也有一条"韩信沟"，在诸城韩信沟村附近。据说是因韩信曾在此驻军及四周多沟而得名。该村历史悠久，山清水秀，景色宜人，堪称"世外桃源"。村西南有座凤凰岭，玉带河从村子东南面和北面流过。相传当年韩信率军经过此地，见此地风光秀丽，民风淳朴，便在此休整，打造兵器。今村子东北角仍留有当年打造军械的炉坊遗址，名叫"炉坊"。村民们曾在此挖出了铸造马蹄的模具、盔甲及窑砖、炉渣等。韩信率军驻扎的时候，曾在河东布设哨台，"王家哨头村""西哨头村"的名字延续至今。当年在韩信沟村周围，还设有很多屯粮之所，即今徐家屯、大屯、小屯、东许家屯等村。

青岛地区也有一处"韩信沟"。青岛胶州有一个村子叫"韩信沟"，这个村名应该与韩信有一定的渊源。相传当年韩信在这一带与项羽打了一场恶仗，因为两军兵力悬殊，韩信兵败，只好掉转马头而逃。因为追兵太急，韩信的枪头落地后，他甚至顾不得捡起来，便拖着枪杆落荒而逃。由于韩信的枪头又重又锋利，再加上当时卜着大雨，结果就在平地上划出了一条又长又深的大沟。瞬间，沟内水满，追兵被水沟挡住了去路，当追兵绕道再行追击时，韩信早已跑得无影无踪了。后来，人们在河沟边还建了韩信庙，以示纪念。

9. 孝妇颜文姜

在淄博市博山区凤凰山脚下有一座文姜祠，千年来香火旺盛。说起这文姜祠，还有一段动人的传说呢！

颜文姜雕像（张艳丽摄）

古时候，有户姓郭的人家，为了给重病的儿子冲喜，让其娶了温柔善良的颜文姜，但颜文姜喜服未脱就成了寡妇。婆婆说颜文姜是个"扫帚星"，处处刁难她。颜文姜却极力忍让，耐心侍奉公婆，尽心善待丈夫的妹妹。

颜文姜每天都要挑着两只水桶，到三十里以外的石马泉打水。为了不让颜文姜歇息，公婆把两只水桶都做成了尖底。

一天，颜文姜又挑着尖底的水桶去石马泉挑水。那时正值三伏天，尽管颜文姜动身早，去的路上也没敢休息，紧赶慢赶地到石马泉打上了水，但当时已到中午，那日头火毒火毒的。颜文姜挑着一大担水，过了一弯又一弯，上了一坡又一坡，走完了石子路，又爬到了石马岭上面，累得气喘吁吁，通身汗湿得像水浇过一样。她望着山山岭岭，说道："黄河还有澄清日，我这苦日子什么时候才能熬到头啊！"话音刚落，她就听到了咴咴的马叫声，转头看到一个白胡子老汉牵着一匹白马走了过来。这老汉慈眉善目，他站住后，说道："看把你累的，快放下水桶歇歇吧！"颜文姜说："我挑的是尖底桶，没法放呀。"老汉笑了笑，说："这好办。"只见他用马鞭朝青石板上指了指，青石板上立刻出现了两个石窝窝，不大不小，不深不浅，正好能放下两个尖底桶。直到今天，石马岭上还有两个石窝窝。传说那指出石窝窝的老汉，就是天上的太白金星。

从此以后，颜文姜挑水到了石马岭，就能放下担子歇一歇了。有一次，她在石马岭上又遇到了老汉，老汉说："我这马渴了，你把桶里的水给我饮马吧！"颜文姜忙答应道："用前面这一桶饮马吧，后面那一桶留给公公婆婆喝。"饮完了马，老汉送给颜文姜一根鞭子，嘱咐道："你回家把这鞭子放进水缸里，用水时就提一提，多用多提，少用少提，千万不要提过了头。还得记住，这件事不能让其他人知道，不然会有危险的。"说完，一阵风吹过来，老汉和马都不见了。

颜文姜回到家后，悄无声息地把马鞭放进了饭屋里的水缸中。试了试果然不差，只要把马鞭轻轻一提，水缸里的水立刻就满了。从此，颜文姜再也不用爬山越岭到石马泉去挑水了。

可世上哪有不透风的墙？天长日久，婆婆疑惑起来，心想："这些日子，'扫帚星'也没出去挑水，怎么还有甜水喝？"她一心想弄个明白，自己去饭屋看了看，也看不出什么名堂来；问颜文姜，颜文姜什么也不说。

婆婆越发觉得蹊跷，就又让女儿去看。女儿应声跑进饭屋，东瞅瞅，西望望，这里翻翻，那里找找，什么稀罕东西也没有。末了，她揭开缸盖，看到里面有支鞭子，就喊道："水缸里泡根鞭子干什么？"说完顺手往外一搋，将其扔到了地上。就在这时，随着一声巨响，蹿出一股水柱，水顺着缸沿往外涌了出来，翻着浪头朝院子冲去。公婆和丈夫的妹妹全都落入了水中。及时赶到的颜文姜右手搋着婆婆，左手拉着公公，脚上挑着妹妹，一屁股坐在了水缸中。

最后，水停住了，颜文姜就此坐化为神。在她坐过的地方，流出了一股甘甜的泉水，后人称之为"灵泉"。后来泉水流淌成河，人们就叫它"孝妇河"。

南北朝时期，人们感喟颜文姜的孝顺，便在凤凰山上建了一座"文姜祠"。唐天宝年间，又进行了复建。北宋时，神宗敕封颜文姜为"顺德夫人"。据说这是中国现存最早的一座由最高统治者为褒封平民营造的祭祀庙宇。

10. 赵匡胤与东镇庙

沂山东麓有座东镇庙，庙里有一块石碑，高丈二有余，上刻"太祖庙"三个大字，传说是宋朝开国皇帝赵匡胤所立。

赵匡胤怎么跑到沂山来立碑了呢？这还得从赵匡胤大战穆陵关说起。

齐长城上的穆陵关位于沂水、临朐两县的交界处，地势险要。山顶上有一座古寺，香火旺盛。不巧这一年来了一伙强盗，为首的是"神胳膊"韩通。此人的胳膊很长，伸出去丈二有余，他身高力大，有万夫不当之勇。这伙强盗依仗武艺高强，占据了穆陵关，还时常抢劫香客的钱财，闹得民不聊生。这件事传到朝廷后，当朝皇帝柴世宗便派兵马大元帅赵匡胤前去捉拿韩通。赵匡胤率领几百将士来到穆陵关前安营扎寨。

第二天，赵匡胤在穆陵关前摆好阵势，传令韩通速速下山请罪。韩通顿时大怒，冲下山来迎战赵匡胤。两个人刀来枪往，打得难分难解。韩通见赵匡胤武艺非同一般，便伸出一只丈二长的胳膊向赵匡胤抓来，赵匡胤用枪把韩通的长胳膊一拨，躲了过去。韩通火冒三丈，大叫一声后，又伸出两只胳膊向赵匡胤逼来。赵匡胤举枪左拨右挡，力抵两臂。于是韩通又逼近赵匡胤，长胳膊一伸向赵匡胤抓来，赵匡胤无法招架，打马便走。韩通也不追赶，仰天大笑道："权且饶你一条小命吧！"众喽啰也大喊大叫，

太祖赵匡胤像（明人绘）

簇拥着韩通上山而去。

赵匡胤率领官兵逃下山来，人困马乏，便命众人在山神庙前休息。赵匡胤倚在白果树上，暗自思忖道："我赵匡胤乃皇家兵马大元帅，竟被山寇贼子打败，叫我如何回复圣命……"想着想着便睡着了。这时，一位白发苍苍的老人来到了赵匡胤面前，说："韩通武艺高强，神通广大，你今日难以对付！"赵匡胤被这突如其来的话语惊醒，看了看四周无人，心想："这是自己在做梦啊！"又倚在树上睡了起来。这位老人又来到了他面前，说："明日你打韩通，我助你一臂之力！"赵匡胤突然醒来，擦擦眼睛，望望四周，还是不见人影。但是老人的话还在耳边回响。赵匡胤看见眼前的山神庙，顿时恍然大悟，赶紧双膝跪地，说："山神，您若显灵帮我擒住韩通，替百姓除害，我回朝定会奏明圣上，给您重修庙宇，重重加封！"

次日，赵匡胤按梦中老人的指点，来到穆陵关前与韩通交战。韩通来到阵前，见又是赵匡胤，不禁哈哈大笑。赵匡胤也不答话，挺枪向韩通刺去。韩通不慌不忙，伸出两只长胳膊向赵匡胤抓去，赵匡胤举枪力抵双臂。韩通又用长胳膊挥起大刀，向赵匡胤砍去。赵匡胤眼看性命难保，就在这时，韩通的胳膊唰了的一下短了，大刀当啷一声落了地，他从马鞍上滚了下来，趴在地上动弹不得，气得大叫。赵匡胤把枪一挥，众官兵一拥而上，把韩通捆了起来。

赵匡胤活捉了韩通，心里别提有多高兴了。等领兵来到山下，赵匡胤看见山神浑身上下好像用水浇过一般，大吃一惊，连忙双膝跪地，连拜三拜，之后领兵回朝。

赵匡胤打下穆陵关不久，柴世宗驾崩，赵匡胤登基坐殿，当上了皇帝。赵匡胤还记得对山神的承诺。这天，他带上诸位大臣，从京城浩浩荡荡地来到了穆陵关，备好砖瓦木石，准备为山神大修庙宇。不想一夜之间，所备用料全被搬到了东镇九龙口处。赵匡胤心想："此处建庙，实属天意！"于是就命工匠在东镇九龙口建了一座金碧辉煌的大庙。赵匡胤命人在庙院中立起一块石碑，亲笔写下了"太祖庙"三个大字，让人刻了下来。赵匡胤封此庙为"总镇庙"，山神爷爷为"总镇爷爷"。从此以后，总镇庙的香火就在沂山传开了。

因为总镇庙位于沂山以东，后来人们便把总镇庙叫作"东镇庙"，直到今天。

11. 名医岳含珍

岳含珍（1602—1683），益都孝妇乡浮屠滩（今淄博市博山区岳家庄）人，因医术高超，被时人誉为"当世神医"。

岳含珍是岳飞的后裔。他的高祖岳海，于明洪武四年（1371）迁至青州益都县颜神镇浮屠滩。公元 2000 年的时候，《岳飞家史考》的主编来博山岳家庄调研，确认了岳海是岳飞三子岳霖的后裔。

岳含珍自幼聪慧好学，博览群书，对儒学深有研究，在医学方面也有很高的造诣。时值明末乱世，岳含珍虽身居乡里草野，却胸怀报国之志。他慨叹道："宁为百夫长，胜作一书生。"于是投笔从戎，清初任山西省潞安道中军，后升任浙江省金华府都司。后海盗内犯，他因戡乱有功，被提升为陕西延绥靖边游击兼定边副总兵，敕授昭勇将军。

岳家庄东边有条东西走向的土岭叫"走马岭"，顶部狭而崎岖，因岳含珍常在上面跑马而得名。因他常常经走马岭到庄外的一个地方驻马射箭，现在的人们称这个地方为"马到头"。

说到苏家沟"箭子顶"的来历，自然要提一提岳含珍同淄川西河恶霸翟三虎的一段纠葛。传说，有一年的芒种前后，翟三虎闲暇无事，乘四人小轿来到了岳家庄地界，企图发威称霸。对于翟三虎的恶迹，回到故里的岳含珍早有耳闻，也想找机会杀一杀他的威风。当翟三虎坐着小轿途经岳含珍的麦场时，岳含珍拿麦权朝轿顶一戳，就把轿顶抛出几丈远。翟三虎刚要发威，忽然看见"武官到此下马，文官到此落轿"的御赐石碑，立刻把淫威收了起来，回了西河。鉴于岳含珍的名气，翟三虎不敢轻举妄动，但为了报白天所受的羞辱之仇，他心生一计，要给岳含珍一个下马威。

第二天，翟三虎派人给岳含珍送来了一张请帖，邀请岳含珍到他家里做客。岳含珍心里明白，这是翟三虎在试探自己的胆量。他决定去会一会翟三虎。岳含珍带着一个随从，策马来到了翟家大院。每进一道门，翟三虎的手下就悄悄关一道门，进入第三道门后，只见翟三虎正在院子里逗鸟玩儿。翟三虎假惺惺地设宴招待，席间翟三虎用尖刀插了一块肉让岳含珍吃。岳含珍没有半点儿畏惧，一口咬住尖刀把肉吃了。岳含珍也用尖刀插起一块肉表示回敬，翟三虎脸色骤变。岳含珍见事已如此，不宜再僵持，提出要走。翟三虎哪里肯放，招呼手下抓住岳含珍。

岳含珍的随从一看气氛不对，早已把马牵来。岳含珍飞身上马，随从情急之下拽住了马尾，那马长嘶一声，跃出了翟家大院的三道门。当岳含珍策马疾驰来到苏家沟地界的铁板桥时，翟三虎的手下已追至后面不远处的一个山坡。岳含珍取弓欲射，却发现弓弦断了。原来，在翟家饮酒时，翟三虎已暗中吩咐手下偷偷地用香把岳含珍的弓弦烧断了。岳含珍看情况紧迫，就用刀割下自己的辫子当弓弦，他挽弓搭箭，接连射中了追赶自己的四匹马，把翟三虎的手下吓了回去。后来，人们就把这个小山丘称为"箭子顶"。

虽经几十年的戎马生涯，但岳含珍从未抛弃自己喜爱的医术。一次，当朝太后生病，御医们一筹莫展。有大臣向皇帝举荐了镇守边关的岳含珍，皇帝应允。圣旨下来，岳含珍立刻策马进京，到太后的病榻前切脉诊病。针药双管齐下，几天下来，太后转危为安。太后病愈后召见了岳含珍，同岳含珍拉起了家常，了解到他的夫人魏氏四十五岁那年在"谢迁之乱"中为避贼投井而死，多年来岳含珍感念其情，终未续弦。太后问他有什么心愿，他说能够告老还乡是他最大的心愿。对此，皇帝予以恩准，并赐了一位恭人为伴侣，赏银一千两，还破例赐给了他一块刻有"武官到此下马，文官到此落轿"的石碑。

据传，岳含珍曾做过两件奇事，一是使一产妇"起死回生"；一是治愈一瘫痪儿童。有一天，岳含珍偶遇一发丧人家，见所抬棺材在滴血，便向旁观的人问清了事情的原委。于是，他上前探问发丧人家："棺材里的妇人是否因难产而死？"众人回答道："对！对！是难产而死。"岳含珍让他们打开了棺木，他取出一根针扎在了孕妇的一个穴位上，孕妇立刻苏醒了过来，并产下一子。发丧人家无人不叹服他的高超医术，以为遇上了神仙，立马对着岳含珍跪倒叩头。

还有一次，岳含珍从一家客栈出来，见有老人和孩子在一起玩耍，其中一个八九岁的男孩瘫痪了。岳含珍凝视片刻，上前拍着男孩的头，说："孩子，我要抽烟，你回家给我取个火吧。"一位老人说："他瘫痪了，不能走路。"岳含珍充满自信地说："我看他能行！"众人都惊奇地看着岳含珍。岳含珍对男孩说："你用力站起来。"就在男孩挣扎着将要站起来的时候，岳含珍取出长针扎在了他腿部的一个穴位上。男孩立刻站了起来，跑着回家了。"娘！娘！"男孩跨进大门喊道。男孩的母亲看到儿子跑着回家，非常惊讶。等儿子把原委说了一遍后，母亲才恍然大悟，急忙领着儿子去道谢。这时，岳含珍早已悄然离去。

岳含珍具有丰富的临床治疗经验。他所撰写的《针灸阐岐》中记载，有个叫夏中贵的人，患病瘫痪，不能行动。有一个叫何鹤松的医生，给他治疗了很长时间也没有治好。岳含珍看了以后，说："这个病一针就可以治好。"于是，他在病人的环跳穴下了一针，病人果然就能行动了。还有一次，岳含珍外出碰到了一个妇女，一个小男孩趴在她的背上不停地呻吟。经过询问得知，这个小孩已经腹痛三天了，治疗没有效果，特地去找岳含珍求治。岳含珍一听，马上就近找了一个地方给孩子诊治，下了几针后，孩子的腹痛就止住了。

岳含珍不仅医术精湛，医德也备受赞誉。对那些行医撞骗、置病人生死于不顾的江湖医生，岳含珍深恶痛绝，并告诫人们小心提防。他面对求医者，不分贵贱，一视同仁，看诊治病一丝不苟，深受乡里民众的爱戴。其后辈岳文坦继承祖志，亦精岐黄，医德高尚，医术精湛，誉满乡里，群众称其"有求必应，济世活人"。

岳含珍撰写了《灵素区别》《针灸阐岐》《经穴解》等多部医学著作。这些医学著作，都有较高的临床应用价值，特别是《经穴解》，在继承发展针灸学说的基础上，阐发了其独特的见解，是不可多得的一部医学珍品。

12. 蒲松龄赋诗青石关

有一年的农历六月，蒲松龄骑着一头大黑驴，从老家淄川出发去游泰山。不知不觉，蒲松龄来到了齐长城上的青石关。快到关下的时候，突然狂风大作，电闪雷鸣，暴雨骤至。

就在这时，蒲松龄发现一个庄稼人用独轮车推着瓷缸，正冒雨吃力地前进。行至关下，那人叹息一声，将车停住了。原来，从停车处到关阁，一溜几十丈高，全是陡峭光滑的青石板，若找不到拉脚人，无论如何也上不了青石关。但是原先在这里山雇拉脚的人因暴风雨全走了，这可怎么办呢？

推车人正为难的时候，蒲松龄骑着驴打着伞从后面赶了上来。他来到推车人近前，关切地问道："是上不去关了吧？"推车人应声抬头，看见对面是一位文质彬彬的老先生。于是推

蒲松龄像（清代朱湘麟绘）

车人便向蒲松龄求助道："有劳这位先生，请上得关去，代我雇个拉脚人，我愿多付些工钱。""现在风大雨狂，待在这里很危险！就用我的驴帮你拉吧。"推车人既高兴又感激，忙将推车套在那头大黑驴身上。蒲松龄二话没说，伸手将驴一牵就拉起车来。风大，坡陡，路滑，他们费了九牛二虎之力，终于把车拉上了关。

推车人解下驴，赶忙取出一串钱，无限感激地说："多亏先生相助，这是我的一点儿心意，请收下。""心意我领，钱却不收。"蒲松龄一边说着，一边走进阁洞避雨。推车人追着他，一再要他收下钱。蒲松龄笑了，说："你要真心想谢，就讲故事给我听吧。"推车人一听，愣住了。蒲松龄笑道："我这人生来脾气怪，爱听故事不爱财！""讲故事？我一个庄稼人，哪有故事可讲？""无妨，什么都行，只管说来听听。"

于是推车人便讲道："原山有个张虚一，从小不务农活，又不好生读书，整天只会交朋结友。交来结去，竟和狐仙拜了把兄弟。天长日久，家境慢慢没落了。这时，他的哥哥张道一在外做了官，张虚一就不远千里去寻兄求助。不料，张道一是个穷官，没给他多少银两，只给了一点儿盘缠，这使张虚一大失所望。他在回家的路上，遇到了他那狐仙兄弟，狐仙就送给了他许多金银财宝……"

"好，说得好啊！"蒲松龄听了，连声称赞。推车人忙解释道："这是我张氏祖上的事。""原来你是张道一的后人！""是啊，请问先生尊姓大名？""岂敢称尊，我叫蒲松龄。"

两人越说越亲近，一直聊到雨过天晴才离开青石关。后来，推车人说的狐仙故事就被写进了蒲松龄的小说。蒲松龄还留下了歌咏青石关的诗句：

身在瓮盎中，仰看飞鸟度。

南山北山云，千株万株树。

但见山中人，不见山中路。

樵者指以柯，扣萝自兹去。

勾曲上层霄，马蹄无稳步。

忽然闻犬吠，烟火数家聚。

挽辔眺来处，茫茫积翠雾。

五

鼓角争鸣：齐长城边古战事

齐国有重视兵学的传统。这一传统不仅培养出了姜太公、司马穰苴、孙武、孙膑、田单等一流的军事家，也孕育出了《孙子兵法》《司马穰苴兵法》《孙膑兵法》《六韬》等兵学著作，故有"齐国兵学甲天下"之誉。齐国兵学能够"甲天下"，与齐国历史发展过程中的战争实践是分不开的。春秋战国时期，齐长城为齐国的南部屏障，以险制塞，以墙阻侵。长勺之战、平阴之战、艾陵之战、赵魏韩联军攻入齐长城等，都是齐国和其他诸侯国之间在齐长城沿线发生的战争。后世在齐长城关隘及沿线也发生了许多战争和农民起义，如魏晋南北朝时期的刘裕北伐过穆陵，南宋末年的杨妙真抗金，明末唐赛儿领导的农民起义，以及近代的黄崖寨惨案等。这些故事皆反映了齐长城的军事防御功能，更体现出了"血肉身躯构筑，长城筋骨韧坚"的英雄气概。

1. 长勺之战

长勺（今山东莱芜境内）之战是中国古代历史上以弱胜强的著名战例，发生于公元前 684 年的齐国与鲁国之间，鲁国在此次战役中获得了胜利。此次战役间接促成了数年后齐鲁之间的息兵言和。

公元前 685 年，鲁庄公领兵攻打齐国。齐鲁两军在齐都临淄以西的乾时遭遇。齐军以逸待劳，大败鲁军。鲁庄公丢弃了所乘的战车，改乘轻车逃回。

齐国想乘机制服鲁国，于是在公元前 684 年年初，发兵进攻鲁国。齐鲁即将开战的消息很快传遍了鲁国朝野，鲁国百姓对此反应不一：有的人惊慌不安，有的人漠不关心，有的人则心忧国事。曹刿是民间的一位有识之士，值此国家危难之际，他挺身而出，想求见鲁庄公，陈说自己对于该场战事的见解。然而曹刿的义举一开始并不被人看好。曹刿出发前，就有同乡劝他道："国家大事自有那些吃肉的官员去操心，我们这些平民百姓又何必掺和呢？"曹刿虽然出身寒微，但却并未因此有丝毫自卑，他傲然回答道："肉食者鄙，未能远谋。"曹刿见到鲁庄公后，在交谈中了解到鲁庄公体察民情，深得国人的支持。于是曹刿认为可以一战，并请求随同参战。曹刿的请求得到了鲁庄公的许可。

齐军仗着势强侵入了鲁境。鲁庄公暂时避开了齐军的锋芒，撤退到了长勺。由于乾时之战的胜利，齐军将士们都轻视鲁军，认为鲁军不堪一击。交战开始，齐军发起了气势汹汹的第一轮攻击。这时，鲁庄公想下令应战，曹刿则劝阻道："齐兵势锐，我军出击，正合敌人心愿，没有取胜的把握。"鲁庄公于是令鲁军固守阵地，只令弓弩手射击，以稳住阵势。齐军冲不进鲁军阵地，反而受到鲁军弓弩的猛射，只得向后撤退。

稍事休整，齐军又展开了第二轮攻击。曹刿劝鲁庄公仍然不要出击，继续固守。齐军攻势虽猛，但仍攻不进阵内，不得不退回到原地。

齐军两次进攻，鲁军都没有应战，齐军将领们越发认为鲁军怯于应战，于是决定再次发动进攻。齐军发起了第三轮进攻。曹刿看到，这次齐军来势虽猛，但势头已没有上两次强，于是向鲁庄公提出要反击齐军。鲁庄公亲自擂响战鼓，发出了攻击命令，鲁军迅猛出击，一举击溃了齐军。

鲁军初战告捷，鲁庄公想要传令乘胜追击。曹刿认为齐国是大国，兵力强盛，现在还不能判定是否真正失败，恐怕齐军有埋伏，还不能贸然追击。他登上战车，看到齐军的军旗、战鼓杂乱，又下车观察到齐军战车的车辙十分混乱，判定齐军是真正溃败了，于是让鲁庄公大胆追击。鲁庄公一声令下，鲁军穷追猛打，给齐军以重击，缴获了大量辎重，将齐军赶出了鲁境，洗刷了乾时之战所蒙受的耻辱。

战争结束后，鲁庄公询问曹刿这次战役取胜的原因。曹刿回答道："打仗取胜靠的是勇气。军队第一次击鼓冲锋时，士气最为强盛；第二次击鼓冲锋时，士气就会减弱；等到第三次击鼓冲锋时，士气便消失殆尽了。齐军三通鼓罢，士气已基本全无，而我军士气却正值强盛，这时实施反击，自然就能够大获全胜了。"

从曹刿战前决策、战中指挥和战后分析的诸多言行里，可以看到鲁军取得长勺之战的胜利的必然性。鲁君在战前进行了"取信于民"的准备，作战中鲁庄公又能虚心听取曹刿的正确意见，积极防御，适时反击，从而牢牢地掌握了战争的主动权，赢得了战役的重大胜利。

毛泽东在《中国革命战争的战略问题》中，对齐鲁长勺之战中鲁军所采用的战法给予了很高的评价。他说："采取了'敌疲我打'的方针，打胜了齐军，造成了中国战争史中弱军战胜强军的有名的战例。"曹刿论战所体现出的战略战术原则和长勺战例，也为中国后世"后发制人"的防御战略思想提供了宝贵的借鉴。

2. 平阴之战

平阴之战，是公元前555年齐国和以晋国为首的诸侯联军在平阴（今山东平阴附近）进行的一次战役。

春秋中后期，晋国势力强大，是齐国的主要对手。公元前589年，在鞌之战中，齐国被晋国打败，成为以晋国为首的诸侯联盟中的一员。但齐国不甘心一直屈从于晋国，所以公元前557年，晋平公召集齐、鲁、宋、卫、郑、曹、莒、邾、薛、杞、小邾等诸侯国在湨梁（今河南济源西）会盟时，齐国拒绝参加。此后，齐国又接连攻打了晋国的盟国鲁国。鲁国向晋国求援。公元前555年，晋国召集诸侯联军，进攻齐国。齐灵公亲率齐国军队在平阴据守。齐军在防门挖了很深的壕沟，构建了军事防御工事，用来抵御联军。

联军抵达防门后，挥师猛攻。齐军奋勇抵抗，暂时挡住了联军的进攻。这时，晋国亚卿范宣子想出了虚张声势之计。范宣子和齐国大夫析文子素有交情，就给析文子写信说："咱们俩关系这么好，我不敢瞒着你。现在鲁国从西南进攻齐国，莒国从东南进攻齐国，很快齐国就完了！你可得小心点儿。"析文子看到信后，信以为真，于是赶紧报告给了齐灵公。

齐灵公得知这一信息后非常担忧。联军进一步采取虚张声势的策略，故意在山林水泽之中遍插旗帜，又扎了很多稻草人，并将其披上衣甲置于战车之上，还在战车后拖动树枝以扬起尘土，造成军容盛大的假象。齐灵公登上巫山观望敌军时，发现遍布旗帜，战车来回驰骋，尘土飞扬，不由得大惊失色，以为敌军势大，难以抵挡，吓得当天夜里就逃跑了。

齐灵公临阵脱逃，齐军士气崩溃，趁着夜色也全都撤退了。第二天，晋军发现平阴城上有鸟落下，就知道城里已经没有大军了，于是顺利攻占了平阴城。晋大夫荀偃、士匄率中军攻克了京兹（今平阴东南），魏绛、栾盈率下军攻克了邿（今平阴西十二里），赵武、韩起率上军包围了卢（今长清西南二十五里）。晋军攻下平阴后，继续追逐齐军。

齐军大将夙沙卫亲自率队殿后，把战车堆积在路上来阻挡晋军，甚至把战马也杀了，来堵塞道路。但这并没能阻挡住晋军。十二月，晋军抵达临淄城下，鲁军和莒军也随后赶到。联军把临淄西门外的树木砍伐一空，制作成攻城的器具。临淄是齐国的都城，防守十分严密，联军虽然勇猛，但还是难以迅速攻克。于是，联军就纵火烧临淄的西门，接着又火烧东面和北面的外城。临淄的南门外有个池子名叫"申池"，是齐国国君度假的地方，附近种着许多竹子。晋军把竹林也给烧了。齐都临淄城四面起火，危在旦夕。

齐灵公此时已经吓破了胆，上了战车就要逃跑。太子光和大夫郭荣一看齐灵公又想跑，赶紧阻拦，并对齐灵公说："联军攻势这么猛，很明显是想尽快取得胜利，而不是要长期围困。只要坚守，联军会撤退的。而且您是国君，不能轻易逃跑。"齐灵公见情势紧急，还是准备弃城逃往邮棠（今山东平度南）。太子光和大夫郭荣只好扣马拦谏，劝齐灵公以社稷为重，不可轻动。太子光抽剑砍断了马颈的皮革，使马没办法再拉车，这才拦住了齐灵公。齐灵公不得不和齐军一起继续坚守。几天后，联军见攻不下临淄，四处扫荡一番后就撤军了。

公元前554年的春天，晋国见齐军没有反抗之力，就在督扬（今山东济南西南）这个地方举行了会盟，把齐国的附庸国邿国的国君抓了起来，然后把邿国侵占的鲁国的土地还给了鲁国。这也算是惩罚了齐国。

防门、壕沟虽然阻滞了联军的进攻，但由于齐灵公处置不当，临阵脱逃，齐国还是失败了。军事防御设施在战争中会发挥重要作用，但决定战争胜败的关键因素还是人。

3. 艾陵之战

公元前484年，南方的吴国为称霸诸侯，联合鲁国在齐长城附近的艾陵（今山东莱芜东南）与齐国展开了大战，史称"艾陵之战"。

吴国的疆域跨越今江苏、安徽两省长江以南的部分及浙江北部的环太湖地区，太湖流域是吴国的核心。都城前期在梅里

（今无锡梅村），后期在吴（今江苏苏州）。吴国是春秋中后期最强大的诸侯国之一，吴王阖闾、夫差在位时国势达到鼎盛。吴王夫差希望可以称霸诸侯，成为像齐桓公、晋文公、楚庄王那样的春秋霸主。

早在公元前485年，吴王夫差为称霸诸侯，曾联合鲁、邾等诸侯国，由海、陆两路进攻齐国，结果在琅琊海战中大败而归。但吴王夫差并不死心，继续寻找机会北上。而齐国作为北方大国，被吴、鲁等诸侯国如此羞辱，定然也不会善罢甘休。公元前484年春，齐国为报复鲁国在前一年助吴攻齐，便发兵攻打了鲁国，但是被鲁国击败。此时，鲁国已是吴国的盟友，齐攻鲁的举动就成了吴王夫差出兵的借口。吴王夫差于是再次联合鲁国，发兵攻齐。齐国的上卿国书鉴于吴军的强大，为缩短军事物资供应线，保卫齐都临淄，留下了守博城、嬴城和泰山齐长城各关的部队后，率主力在齐国境内的城子庄以齐长城为依托迎敌。吴军相继攻克了"博"（今山东泰安附近）"嬴"（今山东莱芜附近）之后，与齐军在艾陵展开了大战。

此次战役，吴王夫差亲自统领吴国的中军，大夫胥门巢统率吴国的上军，王子姑曹统率吴国的下军，展如统率吴国的右军。齐军由国书率中军，高无平率上军，宗楼率下军。在参战总兵力方面，两国相差不大，但由于吴国在此战中分为四军，与齐国传统的三军建制相比，多出了一支预备队。

战役发起后，齐军全军发起冲击，希望可以一举击溃鲁军，并全面冲垮吴军的步兵战阵。在三个分战场上，战役呈现出了不同的局面。其中，国书率领的齐军中军对阵吴大夫胥门巢统率的上军，由于齐军中军实力更强，吴军上军没有顶住首轮冲击，齐军取得了首仗的胜利。王子姑曹统率的吴国下军和宗楼所率的齐国下军打得不可开交，一时也分不出胜负。

战事的突破口在展如统率的吴国右军和高无平率领的齐国上军之间的战斗上。吴军步兵在抵挡住齐军战车的高速冲击之后，迅速将这些战车包围，并且将这部分战车和后续还没来得及跟上来的战车分割开来。这样就可以对几乎处于静止状态的战车发起围攻了。

战车一旦没有了冲击力，陷入"彼徒我车"的窘境，结果就可想而知了。吴军用吴钩、长矛、短戈等近战武器攻杀战马和战车上的甲士，而车属步兵原本就是依附战车作战，其战斗力远远不如早已独立作战的吴国步兵。齐军中军的将帅国书见势不利，连忙分出中军部分兵力去救援上军。但随着时间的推移，双方已基本从冲击战进入了阵地战。战事持续时间长，有利于步兵而不利于车兵。吴王夫差见吴军已经挺过了整个战役中最艰难的阶段，当机立断，不再观望，将"战役预备队"——中军，投入了战场。

吴军高声鸣金，中军开始发起进攻！而就是这个"鸣金"，给齐军造成了误判。原来，齐国和中原其他诸侯国与南方的吴国，在战场上的指挥信号有区别，有的甚至是完全相反的。北方的诸侯国发动进攻的时候，一般是"擂鼓"。比如，曹刿论战中的"一鼓作气，再而衰，三而竭"；又比如，鞌之战中，晋军统帅郤克不顾身体重伤，坚持擂鼓，终于鼓舞了全军士气，大获全胜。而全军停止进攻或撤退时，北方是"鸣金"，正如后世所说的"鸣金收兵"。可是南方的吴国恰恰相反，吴国的"鸣金"不是收兵，反而是全力进攻的信号。齐军没有注意到这种区别，也可能是出于惯性，听到吴军后方震天响的"鸣金"声音时，以为吴军要撤退了，自己要打赢了，因此全都松懈了下来。

听到"鸣金"之声，吴军精神大振，奋力搏杀。这下齐军愣住了。不要小看战场上的这种"阴差阳错"，它所造成的影响是巨大的。吴军中军兵分三路，吴王夫差率领中间一路，重点支援位于战场中心、战局最不利的吴国上军，而另外两路则从齐军三个战场中间的两个缝隙处强力楔入。这样，齐国的三军就完全被分割了。齐军内部混乱，又被分割包围，左右不能相顾，惨遭围歼。齐国大军几乎全军覆没，吴军俘获了齐国主帅国书及大夫公孙夏、闾丘明、陈书、东郭书等，并获战车八百乘，甲首三千。艾陵之战也随之落下了帷幕。

从战争结果来看，吴国取得了战争的胜利；但从全局考虑，吴与齐可谓是两败俱伤，因为战争没有真正的赢家。齐国的精锐部队几乎全军覆没，还丧失了八百辆战车。即使对于齐国这种"千乘之国"来说，这样的损失也是难以承受的。这次战役后，齐国急剧衰落，直到百余年后才恢复元气。吴军虽然俘获了齐军八百辆战车，但由于南方地理条件的限制，吴军以步兵为主，车兵数量有限，吴王夫差就将这些战车送给了鲁国。可以说，吴国在此战中并未收获任何实惠，反而因大战削弱了自身的实力。吴国在北方过度耗损自身的实力，无疑给此前死里逃生、卧薪尝胆的越王勾践提供了复仇的良机，为后来勾践灭吴埋下了伏笔。

4. 赵魏韩联军攻入齐长城

公元前 405 年，因齐国大夫田会叛逃赵国而引发的齐国与赵魏韩联军之间的廪丘（今山东郓城西北）之战，以及之后赵魏韩联军攻入齐长城，都极大地影响了当时的政治格局。

廪丘之战是由齐国的一场内乱而引发的。齐国大夫田布杀了另一位大夫公孙孙，于是公孙孙的族人公孙会（也称"田会"）占据了廪丘而反叛齐国。作为掌握田氏家族大权的田和，要稳定自己的地位，彰显自己的权威，必定要清洗反对势力。但公孙孙的族人自然不会坐以待毙，田会将廪丘献给了赵国以赢取三晋的支持。

面对田会率领自己的族人反叛齐国、投靠赵国，齐国派田布指挥大军围攻廪丘。赵国则派孔韦率领精锐部队，联合魏韩前来支援。结果是赵魏韩联军大败齐军，杀齐兵二万余人，获齐战车两千乘。齐国损失惨重，士兵的尸体被垒筑成了两座山丘。

虽然田布败走，但赵魏韩联军并没有要罢兵的意思。第二年，赵魏韩三家不仅打着晋国的旗号继续进攻齐国，还与鲁、宋、郑、卫、越等诸侯国共同出兵伐齐，其中最卖力气的竟然是南方的越国。越国军队在越王翳的统率下，攻入了齐国的南部边境。面对来势凶猛的越军，主政齐国的田和马上主动向越国求和，割地纳贡，做出了不小的牺牲。越国在和齐国签订了条约后，就从齐国撤军了。没有了越国的羁绊，齐国终于不用双线作战，得以把主力转移到平阴一线。平阴是齐国的西部要塞，齐国在这里筑有长城，想要攻克也还是比较困难的。

这时的三晋正处于巅峰时期，赵国有赵烈侯，魏国有魏文侯，他们都是两国历史上有名的君主。最终，赵魏韩三家联合攻打齐国，攻破了齐国的长城防线，直接俘虏了齐康公，将其抓去朝见周威烈王，而且还叫上了鲁、郑、宋、卫四个诸侯国的国君，请求周威烈王册封其为诸侯。这样的举动正是春秋战国时期礼崩乐坏的表现。而周威烈王跟齐康公显然是同病相怜，都是以正主的身份被朝臣控制。三晋势在必得，即便是周天子也无可奈何。

春秋末期晋国和齐国之间的战争，虽然是齐晋交战，但主导这场战争的既不是晋国的国君晋幽公，也不是齐国的国君齐康公，因为此时两位君主都只是傀儡而已，没有任何的实权。真正主导这场战争的是晋国的赵魏韩三家和齐国的田氏家族。公元前403年，周威烈王册封了赵魏韩三家为诸侯，社会开始由"礼乐征伐自诸侯出"的时代逐渐过渡到"礼乐征伐自大夫出"的时代。

5. 刘裕北伐过穆陵

南宋著名词人辛弃疾在《永遇乐·京口北固亭怀古》中写道："斜阳草树，寻常巷陌，人道寄奴曾住。想当年、金戈铁马，气吞万里如虎。"词中所说的"寄奴"，就是南北朝时期南朝的宋武帝刘裕。刘裕（363—422），小名寄奴，是南朝刘宋的开国君主。他曾经两次率兵北伐，收复中原失地，所以辛弃疾说他"金戈铁马，气吞万里如虎"。刘裕其中一次北伐的目标是南燕。南燕的都城在广固，就是今天的青州。刘裕北伐南燕，穆陵关为必经之地。

公元409年，南燕皇帝慕容超即位后，纵兵肆虐淮北。刘裕当时还没有当皇帝，是作为东晋的将领率师北伐的。四月，刘裕率舟师自建康出发，溯淮水北入泗水。五月，到达下邳（今江苏邳州南古邳镇），刘裕军队留下船舰、辎重等，步行至琅琊（今山东临沂北）。所过之地都筑城留兵守卫，以防南燕骑兵的袭击。刘裕计划抄捷径，自琅琊经莒县（今属山东日照），越大岘（今沂山），过临朐（今属山东潍坊），直抵南燕都城广固。著名的穆陵关就在大岘山上。穆陵关地势险峻，仅可容一车通过，号称"齐南天险"。刘裕的部下担心南燕军控扼大岘要道，或坚壁清野，此行不仅无功，甚至连安全返回都不可能。刘裕则认为，慕容超等人生性贪婪，没有深谋远虑，不可能守险清野，于是督兵急进。

果然，慕容超恃

宋武帝刘裕彩像（清人绘）

勇轻敌,对晋军进入其境不以为虑。六月,刘裕大军未遇到任何抵抗,就经过了莒县,通过了穆陵关,越过了大岘山。慕容超得知晋兵已过穆陵关,亲自率步骑四万南下,与此前派遣据守临朐的左卫将军公孙五楼、辅国将军贺赖卢及左将军段晖等所率的步兵、骑兵五万人会合,在穆陵关下阻击刘裕。

慕容超派公孙五楼率骑兵出击,与刘裕军队前锋孟龙符遭遇,结果公孙五楼战败退走。刘裕以战车四千辆分左右翼,向前推进,与慕容超所派出的精锐骑兵激战。刘裕采纳了参军胡藩的计策,派兵绕到燕军的后方,乘虚攻克了临朐,又纵兵追击单骑逃脱的慕容超,大败燕军,斩杀段晖等十余将。

慕容超逃到广固,刘裕乘胜追击,攻克了广固外城。慕容超退守到内城。刘裕大军将其围困,就地取粮养战,招降纳叛,争取民心。慕容超被困于广固内城,为求脱困,派遣使者驰往后秦求援。七月,后秦皇帝姚兴派卫将军姚强率步兵、骑兵一万人,与洛阳守将姚绍会合,统兵救南燕,并派遣使者通告刘裕,如果刘裕不撤军,后秦大军就将长驱而进。刘裕识破了姚兴的虚张声势之计。不久,后秦被胡夏的军队击败,自顾不暇,也就无从发兵救南燕了。

慕容超被围困在广固内城,许久不见后秦的援兵,便想通过割地、称臣的方法脱离困境,但刘裕不答应。在刘裕大军的威迫之下,南燕大臣张华、封恺、封融、张俊等相继投降。九月,刘裕截获了向后秦借兵的南燕尚书令韩范,带着韩范绕广固城而行,并告诉城内南燕的守军后秦救兵不会来了,城内守军都十分惊恐。十月,刘裕大军在降将张纲的帮助下,制成了飞楼、冲车等攻城器具，准备强行攻城。

次年二月，南燕贺赖卢、公孙五楼率军悄悄挖地道，想突袭刘裕军，结果被击败，仓皇逃回内城。刘裕大军乘机四面攻城，南燕尚书悦寿打开城门投降，刘裕大军攻入了广固内城。入城后，刘裕以广固久守不降为由，杀南燕鲜卑族王公以下三千人，南燕随之灭亡。慕容超率数十骑突围逃走，最后被刘裕军追获，押送到了建康，在建康街头被斩首示众。

刘裕率军北伐南燕，能轻易越过大岘山，取穆陵关，随后一年就灭掉南燕，与南燕军队轻敌，没有派重兵把守穆陵关是有密切关系的。《古骈邑·穆陵关》中说："穆陵，齐国南门也……严阵难犯，固若金汤。"南燕军有如此天险而不守，不亡何待？

公元420年，刘裕代晋自立，定都建康（今南京），国号为"宋"。刘裕执政期间，吸取前朝士族豪强挟主专制的教训，轻徭薄赋，废除苛法，抑制兼并，整顿吏治，重用寒士，振兴教育，改善了社会状况，终结了门阀专政的时代。他对江南经济的发展、汉文化的保护与发扬做出了重大的贡献，被明人李贽誉为"定乱代兴之君"。在魏晋南北朝三百余年的动乱中，汉人帝王武功第一的正是这位出身寒微的宋武帝。

6. 杨妙真抗金

13世纪初，正值中国历史上的南宋末年，中华大地正处于四分五裂的状态。淮河以南是南宋政权的统治区，华北一带处于金国的统治下，西南有大理，西面有西夏，西北地区是契丹人建立的西辽，北方大漠上的蒙古也迅速崛起。

杨妙真，益都（今山东青州）人，红袄起义军首领杨安儿之妹，号"四娘子"。杨妙真生活在金朝末年，正逢民族矛盾尖锐的动荡时代。处于水深火热之中的山东、河北一带的人民，纷纷起义。东到胶东半岛，西至太行山下，南到泰、沂山区，北至沧州，到处义旗高举。这些起义军，总数不下几十支，少者数万人，多则几十万人，统称"红袄军"。红袄军的主要敌人是女真人所建立的金国。红袄军认为，根据传统的"五行生克"理论，金国按五行属金，要克金只能用火，火是红色，身穿短红袄去对抗金兵，就可以无往而不胜。在这些义军中，以杨安儿、李全两支势力最大，战斗力最强。

杨安儿率领的起义军，主要在莒州、密州一带活动。当时，杨妙真年纪不大，又是一女子，却敢于冲破封建宗法观念的束缚和家庭的阻拦，毅然随兄长杨安儿转战抗金沙场。杨妙真机智聪颖，泼辣能干，在义军中倍受尊敬。同时，她还酷爱习武，骁悍矫捷，擅长骑射，一杆梨花枪被她使得出神入化，她自称"梨花枪天下无敌手"，在义军中极负威名。据说杨妙真的梨花枪除了枪法奥妙之外，枪头还藏有机关，可以发射火药。也就是说，在关键时候，一按机关，枪头上就火药四射，因此杀伤力极大。

公元1216年前后，杨妙真率部进占了莒州的磨旗山（今山东临沂莒南的马鬐山），建立了根据地。这时，素有"李铁枪"之称的潍州北海（今山东潍坊）抗金义军首领李全，也率部辗转至此，杨妙真便与李全进行了三次激烈又精彩的比武。打斗之后，两人的感情迅速发展，最终二人结为夫妻。红袄军和北海抗金义军也因此合兵一处，由李全统一指挥，杨妙真鼎力辅佐，轰轰烈烈地开展抗金斗争。

杨妙真和李全一方面要经常和金兵打仗，另一方面又要利用战斗的空隙时间，加紧进行根据地的建设。一直沿用至今的山名、水名、地名、村名，都可以证明这一点。建立根据地的思想，在当时是很宝贵的。在这里，他们用了三年左右的时间，建造起了一座山寨。内城用石头筑成，外城是黄土结构，又高又宽。他们还利用自己烧制的砖瓦，建起了聚义厅。义军又在山脚下，人称"凤凰墩"的地方（今已被水库吞没），为杨妙真和李全等将领建了一片寝舍。当年烧砖烧瓦的地方，如烧窑沟、大窑村、小窑村等，至今还叫这些名字。在山下的田间、地埂上，至今仍然可以拣到当年建设用的破砖头、碎瓦片，还有金属箭头等。

杨妙真一面积极建设根据地，一面加紧备战。为了上下山方便，义军修建了一条"红袄军路"。为了操练人马，义军又修建了竖旗山、跑马岭、演武厅等。他们还栽植了大片的竹子，用以做枪械，这就是"竹子涧"的来历。义军还在大店镇北、浔河上游，筑起了大坝，积蓄河水。这样就不怕敌人的围困了，同时也可以发挥水上运送粮草的作用。一到夜晚，义军就在西半山坡的灯碗石内点上灯，方圆几里都能看得到。

杨妙真和李全的队伍很快就发展壮大起来，人马不下数十万，并迅速向周边地区发展，青州、临淄、泰安、海州等地都是他们的活动范围。这就引起了宋、金、蒙古等各方统治者的高度重视，他们纷纷派使臣前来招降，一时间门庭若市。金人来诱降，杨妙真和李全斩钉截铁地对金国使臣说："宁作江淮鬼，不为金国臣！"将来使轰了出去，表现出了他们的民族气节。

宋朝使臣前来游说的时候，很轻视红袄军，杨妙真穿甲胄出迎，还以颜色。据说有一次，杨妙真端茶接待，使臣想让她端着喂自己喝，企图羞辱杨妙真。大将王仙见此情景，怒火中烧，拔出宝剑，一剑将使臣刺死了。王仙文武双全，一直是杨妙真的得力助手。但王仙杀了宋廷的使臣，李全害怕了。他怕得罪宋王朝，只得高筑斩将台，把王仙杀了。这斩将台，据说就在今天的水库底下。

杨妙真和李全都是汉人，所以对宋、金、蒙古的态度不一样。李全决定接受南宋王朝的招安，改红袄军为"忠义军"。杨妙真内心是不同意招安的，但在"夫唱妇随"的传统之下，也无可奈何，只好随行。临行前，她看着三年来苦心经营的根据地，奋笔写下了"嘉定九年四娘子此山下寨"十一个大字，刻在了摩崖石上，以抒发自己不可言状的情怀。这十一个大字，距今约有八百年了，但风雨中仍然依稀可辨。公元1218年正月，他们离开此地，向南去了楚州（今江苏淮安）。

经过休整后，李全、杨妙真夫妇统领义军五千人，协助宋将高忠皎部抗金，先后攻克了青州、莒州、密州、海州等地，打得金兵节节败退。其间，杨妙真还一度留守在楚州大本营，筹集军粮、器械支援前方，保证了战争的胜利。李全屡屡建功，被南宋朝廷任命为京东路忠义总管、武翼大夫、京东路兵马副都总管。李、杨义军也被命名为"山东忠义军"，杨妙真因此成了南宋将领。

次年二月，金军大举南侵，李全、杨妙真率部与金兵大战，先是与金将乞石烈牙吾答战于涡口，后又与金"四驸马"阿海战于化陂湖，均获大捷。同年六月，李全、杨妙真又劝降了金兵元帅，不战而取青、淄、莒、密、潍、莱、登、滨、棣、海、宁、济南等十二州，为南宋朝廷收复了山东失地，改变了宋金在山东的军事力量。

杨妙真率红袄军坚持抗金十余年，是我国古代农民战争史上少有的女领袖。著名的抗倭名将戚继光在《纪效新书》中说："枪法之传，始于杨氏，谓之曰梨花，天下盛尚之，变幻莫测，神化无穷，后世鲜有得其奥者。" 戚继光就是学习了杨家枪法并加以改进，用此来教练士卒，训练戚家军。

7. 唐赛儿起义

天堂寨（古称"卸石棚寨""石棚寨"），位于山东青州西南的齐长城附近。原本只是由数座互相连接的山头组成的普通山寨，明初农民起义军女英雄唐赛儿曾在此安营扎寨，因而取得了一个响亮的名字——"唐赛儿寨"。

明成祖永乐十八年 (1420)，山东蒲台爆发了一场声势浩大的农民起义，起义风暴席卷了青州、莱州、莒州、胶州、安丘、寿光、诸城、即墨等州县。这次农民起义的组织者和领导者，便是后来被民间演义为传奇式女英雄的唐赛儿。

唐赛儿，青州府益都县（今山东青州）人，一说蒲台县（今山东滨州）人。她从小生活在农民中间，深受白莲教的影响。唐赛儿的丈夫叫林三，所以群众称唐赛儿为"唐三姐"。结婚不久，林三就被官府逼死了，唐赛儿痛不欲生，决心利用白莲教组织发动起义，为丈夫和受苦的乡亲报仇。

永乐十八年二月，唐赛儿在益都天堂寨竖起了义旗，立刻得到了诸城、安丘、莒州、即墨、寿光等地人民的响应，他们在各地攻城拔寨，斩杀贪官污吏。面对如火如荼的起义军，山东官吏又恨又怕，山东布政使立即委派青州卫指挥使高凤率兵镇压。高凤带兵围剿了天堂寨，妄图将义军一网打尽。唐赛儿充分利用青州西南山区重峦叠嶂的有利地形，设下埋伏，诱敌深入，将官兵引进了葫芦谷。义军趁夜间卡住谷口，断敌退路，将官兵围困于狭窄的山谷中。唐赛儿一马当先，杀入敌阵，青州卫指挥使高凤惊惶失措，在混战中被杀死。官兵群龙无首，斗志全无，顷刻间土崩瓦解。

天堂寨初战告捷，起义军声威大振。起义军以天堂寨为根据地，不久又占领了莒州、即墨等地，起义军队伍迅速发展至两万多人，震动了京师。青州以东各地群众纷纷响应，益都、诸城、安丘、莒州、胶州等州县先后出现了十几支义军。唐赛儿率领的起义军所到之处，官吏纷纷逃命，其他各路起义军也遥相呼应，贫困农民纷纷加入义军。此时，各地的白莲教组织也纷纷揭竿而起，起义的烈火大有燎原之势。

地方官员意识到，仅凭山东地方武装已无力镇压起义军，于是，一份份告急文书飞传京师，请求朝廷直接派兵。明成祖朱棣闻讯十分震惊，急忙派出一名大臣前往天堂寨进行招安，唐赛儿则怒斩了来使。在招安不成的情况下，明成祖朱棣派京营的提督总兵官、安远侯柳升和都指挥使刘忠率五千精兵前往镇压。柳升是朱棣的爱将，跟随朱棣南征北战，屡有战功。面对唐赛儿领导的起义军，柳升认为"小小贼寇，不日即可平定"。柳升、刘忠率兵到达益都后，包围了天堂寨。

此时，唐赛儿率领的起义军主力正在四处攻战，只有少数兵力留守山寨。在力量悬殊的情势下，唐赛儿想利用敌军骄横轻敌的弱点，避免硬拼，以智取胜。她派一名叫耿童儿的年轻义军夜间"逃往"了敌营，假装投降，向官军"告密"，说义军内部粮食已空，又断了水源，打算从东寨门的旧水道突围抢水。柳升自认为是朝廷大将，狂妄自大，根本没有将唐赛儿率领的起义军放在眼里，于是就相信了耿童儿提供的情报，中了唐赛儿的计谋。柳升亲率主力将旧水道团团围住，准备截击。唐赛儿见官军中计，乘敌不备，夜间率起义军突袭敌营，留守的都指挥使刘忠仓促应战，被唐赛儿一箭射中，坠马而亡。唐赛儿乘势杀开了一条血路，顺利突围。等柳升发现中计时，唐赛儿早已率领起义军从容转移。

唐赛儿率领的起义军与明军之间的战争，转折点是安丘战役。安丘东为即墨，西接益都，南倚莒州、诸城，是战略要地，也是起义军活动的中心区域。若是起义军攻克了安丘，就可以把各地起义军连在一起，凝聚成更大的力量。永乐十八年（1420）三月，唐赛儿手下的大将宾鸿率领起义军开始围攻安丘，而安上知县张玘纠集了八百余名兵丁拼命抵抗。因为安丘守军早有防备，准备充分，而起义军力有不逮，一时无法取胜。于是，宾鸿又联合莒州、即墨等地的起义军近万人，一同围攻安丘。但是，围攻安丘的起义军在没有丝毫防备的情况下，遭到了沿海负责防倭寇的都指挥使卫青所率的官军的袭击。官军驰至城下，攻击起义军，城中守军亦鼓噪而出，起义军腹背受敌，渐渐不支，最终失败，被残杀者六千余人。接着，坚守即墨、诸城等地的起义军，也被鳌山卫指挥使王真相继击败。

经过两三个月的艰苦奋战，唐赛儿领导的农民起义终因官兵的强力镇压而失败。但唐赛儿等起义军首领安全脱险，这使得朝廷惶惶不安。朱棣将误了军机、"罪不可宥"的柳升逮捕下狱，对镇压起义军有功的卫青等人给予了奖赏，同时下令严查唐赛儿的行踪。听说唐赛儿削发为尼后，朝廷便连下两次命令，将北京、山东的尼姑、女道士统统逮捕，押送朝廷审讯。尽管明朝廷想尽了各种办法，但唐赛儿最终还是音信全无。

8. 张大雅雄踞小珠山

"累累形胜隐苍烟，九曲谁将一线穿。神女倦游何处去，双珠抛在水云边。"清朝周于智的这首《双珠嵌云》诗作，描绘的就是坐落在青岛市的小珠山。小珠山其实并不小，整个山脉绵亘十余公里，齐长城在这里酷似一条横卧于崇山峻岭之上的巨龙。明朝末期的张大雅曾率领起义军在这里活动。

张大雅和张千出兄弟俩本是灵山卫的军户（军户是指官府

指定出军的人户，入军户后，世代为兵，社会地位低下）。明朝时期，朝廷在各地设置了大量的卫所用以捍卫疆域。除了北疆西陲之外，东部的沿海地区也是重点防御的对象，灵山卫即其中之一。公元 1372 年，魏国公徐达奏请朝廷设灵山卫土城，因其南面的海上有灵山岛为屏障，命名为"灵山卫"。灵山卫土城中，有军屯三十个，军兵三千六百人，卫指挥使为正三品，辖管三个所。设卫所之后，"灵山卫"成为一处繁华的军寨，除了相关的军事机构之外，这里还有很多的军户家庭，也有镇抚、儒学教授等，俨然一处海上的小都会。

公元 1644 年，李自成率领起义军攻克京都，明朝末代皇帝崇祯上吊自杀，全国各地农民起义风起云涌，灵山卫军户出

青岛黄岛小珠山（牛国栋摄）

身的张大雅、张千出兄弟也参与了进来。他们聚集了一帮兄弟，扯旗举事。他们杀土豪，分财物，攻灵山，打胶州，后来以小珠山为根据地与官府相抗衡。张大雅、张千出兄弟俩口才很好，能说会道，做事也机敏灵活。他们在占据小珠山的同时，又与胶州的韩继本等人率领的起义军联合，形成了遥相呼应的态势。

同年六月，登莱巡抚曾化龙请求登州将领滕允玉来解围。张大雅知道滕允玉的厉害，得知这一消息后，就率领部队逃跑了。这时，昌邑的土豪李好贤率众向曾化龙投降，两人想出了一个灭掉张大雅的办法。李好贤移兵灵山卫，招呼张大雅来结盟，一起攻打胶州。张大雅不知道李好贤已经投降了官军，就和张千出赶了过来，结果被李好贤绑住送给了官军，被当街斩首。

张大雅兄弟死后，起义军队伍群龙无首，被官兵击溃。起义军余部在韩继本的率领下继续战斗。清军入关后，胶州总兵柯永盛率兵围剿起义军，韩继本率部战死，起义归于失败。

当年起义军住过的山洞名叫"白石洞"，位于小珠山主峰对面的白石顶前，分上、中、下三层，可容二百余人起居。邻近还有当年农民起义军用石头砌成的养马棚和拴马石等遗迹，喂马的石枢也在那儿。这些都无声地见证了当年的峥嵘岁月。

9. 黄崖寨惨案

山东长清、平阴一带有很多古山寨，其中最为有名的当属位于长清孝里镇的黄崖寨。黄崖寨之所以著名，是因为近代在这里发生了一起影响极大的惨案，史称"黄崖寨惨案"。

这一事件的主人公叫张积中。张积中，字子中，号石琴，因排行第七，人称"张七先生"，江苏仪征人。张积中是"太谷学派"的创始人周毂的弟子，后成为太谷学派北宗的领袖。太谷学派的几代学者都曾与《红楼梦》结下了不解之缘。张积中首倡的"自传说"，对近百年后的王国维的"色空论"和胡适的"自传说"有所启发，对近代的红学研究影响甚巨。

地处长清、肥城交界的群山之中的黄崖山，位于大峰山的东北侧，三面环拱，南北峰对峙。南峰四面自山腰以上，异峰突起，绝壁如削，仅西北、东北方向有山梁与之相连，有崎岖小径蜿蜒通向山顶，交通极为不便，却也易守难攻。黄崖山西面有条南北狭长的山峪，峪中有相连的皆以"黄崖"为名的北黄崖、中黄崖和南黄崖三个小山村。在北黄崖村的东面是梯子山，为齐长城的重要组成部分。

张积中是贡生出身，但屡试不第，就绝意仕途了。清代咸丰六年 (1856)，因扬州一带发生战乱，张积中携家眷北上山东济南避难，不久迁居于长清的黄崖山。张积中以弘扬太谷学派为旗帜，秉承周氏之学，以儒家性理之说为基础，参以释、道，兼及军旅、技击，一时间拜师听讲者蜂拥而至。

张积中将从学者皆收入门中，不论出身，不分男女。张积中因人施教，教学方法为心口递受，不形诸文字。当时有不少人变卖家产，携眷上山。历经近十年的苦心经营，张积中在黄崖山上建起了一座山寨，聚集门徒一万多人，使原本荒凉的深山逐渐变成了一座热闹的山寨。因捻军犯境，周边百姓很多进入山中避难。张积中就在山上设粥棚，在山下设场舍，供给食宿，又设立了医药局，施药治病。远近前来归附的人越来越多。

随着山寨的日益繁盛，张积中以黄崖村为中心修建了三处小寨，又在宽阔平坦的黄崖山山顶建造了面积约六万平方米、有一千二百余间石室的大寨。大寨有两道大门，门前有瓮城，门两侧有哨楼，上设炮台，可俯瞰山下。山间的小路上，每隔几十步就有一座面向山外的石碉堡，堡中可容三五人瞭望与起坐。很明显，这种防范不仅仅是针对那些偷鸡摸狗之徒。

山寨的经济收入，除靠农耕垦种和入山者上缴财产外，也靠商贸经营。他们在济南、肥城、利津、海丰、安丘、潍县等地设立了商号，赢利都归山寨支配。而张积中也颇有经营策略，坐镇黄崖山，统筹各地的经营。山寨中还设置了比较完备的管理机构和公共设施，如公局——负责山寨的日常事务，兼管外事及接待来人等；医药局——主持炼制丹药、丸药、散药，不但寨内人免费医疗，还可施舍于四乡病人；文学房——初学者听讲的课堂，主讲者为张积中的弟子们，授读课目是山寨刊行的《指南针》；武备房——主管习武操练及山寨警备之事，使习武者成为山寨中强有力的保卫者；祭祀堂——是山寨的主体建筑，高大宽敞，高高地雄跨于二十五级台阶之上。每当深夜祭祀时，这里青烟缥缈，烛光辉煌，香烛之光十余里外亦可见。附近百姓更是盛传"张七先生"能够呼风唤雨，撒豆成兵。在这里，张积中根据自己对远古村社制度的怀念与自己的理想，编织并经营着心目中远离世俗、远离官府、独立自主、士民合一的"世外桃源"。

当时，太平天国声势浩大，捻军纵横天下。在黄崖寨，张积中将弘扬太谷学派的学术团体演化成了具有浓厚的封建会道门色彩的宗教组织。他以教主自居，进而建立"桃源式"自治社会的做法，难免会引起统治者的疑惧。公元1865年，益都的冀宗华谋反作乱，案件牵涉到了张积中。山东布政使丁宝桢念张积中年纪老迈，又为世家子弟，想给张积中机会辩白，但张积中的弟子与丁宝桢派去的官员产生了误会，杀死了马弁一人。次年八月，山东巡抚阎敬铭、布政使丁宝桢率兵上万人亲往黄崖寨，对山寨形成了合围之势。官军张榜重赏招安，五天内竟无一人出寨受招。官民对峙良久，守寨庄众与官兵时有交火，兵丁屡有伤亡，官兵一时也无破解良策。

毕竟山民没有经过军事方面的专业训练。十月，按照阎敬铭的布置，官军兵分三路进攻山寨，且进且战，分进合击。在官军炮轰、断水等举措的强压之下，不过数日，黄崖寨就被攻破。破寨过程相当血腥。官兵顽强进攻，山民拼死抗击。官军先后屠杀了山寨的武装精锐七八百人、寨内民众一千七百余人，山寨内尸体相叠，坠崖落沟者不计其数，鲜血沿着山崖流淌。黄崖寨被攻破后，张积中、张绍陵父子即率家属、亲戚、从人等二百多人在大堂自焚，其余民众及入援民军千余人也先后被官兵捕杀。

张积中苦心经营十年之久的黄崖寨土崩瓦解，山上一万两千多名寨民，除了几百名妇女、儿童被掳往山下转卖外，几乎无一幸免。然而官府却没有从山寨里找到谋反的证据。阎敬铭无法向朝廷交代，便责成王正起、王成谦、王心安三人务必于三日内寻来证据。三人惶惶返回山寨，搜遍整个山寨也没有查到谋反的证据。但他们无意间发现了一箱戏衣，便借题发挥，命人抬到山下，差人寻来七位缝工，连夜将戏衣改缝为太平天国的号衣及龙袍，又把黄幔改成了太平天国的旗帜。于是，张积中谋反有了"铁证"，而阎敬铭等血洗黄崖山的数十名大小官员，也得到了朝廷的赏赐与擢升。

黄崖寨惨案，使原本的美景和盛况化作一片苍凉，张积中的"乌托邦"也灰飞烟灭，只留下了千疮百孔的黄崖山。黄崖寨惨案成为中国近代史上的一大冤案。以至于写《老残游记》的刘鹗千方百计地为之申冤，并在《老残游记》中力图为张积中翻案昭雪。据说，《老残游记》第八回至第十三回所写的，武城知县申东造派其弟申子平到桃花山访求江湖奇侠刘仁甫一事中，那没有出面的"西峰柱史"指的就是张积中。而那山景清幽、居舍雅致、使申子平恍如走进桃源仙境的风水宝地，便是黄崖山及其周边的山寨。

六

铁血忠魂：齐长城红色记忆

"起来！不愿做奴隶的人们！把我们的血肉，筑成我们新的长城！"当雄壮的国歌《义勇军进行曲》在耳边响起时，齐长城沿线的中华儿女英勇抗日和反击国民党反动派的浴血奋战的事迹，仿佛涌现在了眼前。在抗战中，齐长城沿线险峻的地理环境的优势和边界交通要道的地位充分显露了出来。在这里点燃了长清人民革命的摇篮大峰山的烽火，多次阻击了日寇的残暴侵略，建立了饱含"军民鱼水情"的罗圈村八路军医院。齐长城沿线的人民军队和百姓不畏流血牺牲，众志成城，真正发挥了抗战进程中血肉长城的作用，涌现出了一大批可歌可泣的英雄人物和壮烈事迹，激发了人们强烈的爱国热情和自强不息的民族精神。

1. 烽火大峰山

　　大峰山位于济南市长清区孝里镇境内，地处长清、平阴、肥城三区县的交界处。大峰山西山坡脚下的广里村是齐长城的西端起点，齐长城在大峰山山顶绵延一千五百多米，蜿蜒起伏，非常壮观。

　　在战火纷飞的革命年代，在中国共产党的领导下，成立了

大峰山抗日根据地。根据地由弱到强，一步步发展壮大，成为山东联系延安秘密交通线上的重要中转站，被称为"长清的延安"。

1937 年"卢沟桥事变"之后，日本帝国主义发动了全面侵华战争。1938 年 1 月，中共长清县临时党支部成立，随即成立了大峰山抗日游击队，编入共产党领导的山东西区人民抗日自卫团第四大队。1938 年 6 月，中共长清县委员会在大峰山岚峪村成立，隶属泰西特委。这是泰西各县建立的第一个县委。1938 年 11 月，大峰山抗日游击队改编为长清独立营。

在大峰山抗日运动发展的过程中，大峰山抗日部队同日伪军进行过多次激烈的战斗，狠狠打击了日伪军的侵略气焰。其中，下巴伏击战打出了大峰山抗日根据地的气势和声望。

1938 年 8 月初，大峰山独立营得到情报，近日一部分日军会由平阴经过孝里、长清前往济南。时任大峰山独立营营长的汪毅、政治处主任冯乐进决定给日军以痛击，制定了"突然袭击，打完即撤"的战术。

8月7日拂晓，汪毅营长带领大峰山独立营的二十几名有一定作战经验的战士，来到了选择好的伏击地点下巴村附近。这一段道路是丘陵地，路边是两米多高的石堰，石堰后面是层层梯田，高粱、玉米已有一人多高，便于部队隐蔽和战后转移。

很快，由骑兵、步兵、辎重汽车组成的几百人的日军队伍过来了。等日军进入伏击圈后，汪毅营长命令战士们进行战斗。霎时间，石堰后的庄稼地里飞出无数个手榴弹，它们如冰雹般落了下来，轰隆轰隆的爆炸声响彻了山谷。日军像无头的苍蝇一样乱转，被炸倒了一片。有两辆弹药车也爆炸起火了！顿时火光冲天，响声惊天动地，没被炸死的日军乱作一团，趴在地上盲目射击。

过了几分钟，日军稍微清醒了一些，开始组织反攻。几个日军以汽车作掩护，架起了机枪、小炮。战士杨大力看见了，转身把剩下的手榴弹全抱了上来，一口气投了十五个，把汽车旁边的日军连人带枪地炸飞了。日军又让骑兵从旁边迂回包抄，汪毅营长沉着指挥，命令向日军打排子枪，打得日军骑兵人仰马翻。

此时，独立营战士们的手榴弹已经所剩无几，步枪和子弹也快用完了，再打下去是非常不利的。汪毅营长果断下达了撤退命令。趁着烟雾，战士们在青纱帐的掩护下，迅速消失在了无边的田野中。

这次下巴伏击战持续的时间不足半小时，在大峰山独立营几乎无伤亡的情况下，打死日军九十六人，炸毁汽车两辆，打响了大峰山抗日根据地的第一枪。由于此前日军在山东没有遇到任何抵抗，这次战斗的胜利，大大鼓舞了大峰山抗日根据地军民的士气，打开了长清县抗日斗争的新局面。

当时长清人民在日寇的欺凌下艰难度日，大峰山独立营这次伏击战的胜利，让老百姓看到了希望的曙光。百姓们认定独立营是真正的抗日队伍，许多青壮年纷纷要求加入独立营。"大峰山，独立营，谁来参加谁光荣；骑着马，挂着红，你看光荣不光荣。"独立营的这首动员参军歌，在当时广泛流传。周围的村庄也主动与独立营联系，保障战士们粮食、蔬菜、衣服等生活必需品的供应。此后，大峰山抗日根据地的抗日斗争风起云涌，烽火迅速遍及全县。

大峰山的抗日斗争，在中国人民抗日战争史上写下了光辉的一页。1940 年 6 月 21 日，长清县独立营一连连长孔步健率部侦察，在卧牛寨遭到了日伪军的袭击，最后子弹打光了，十余名战士在孔步健的带领下跳崖殉国。1941 年 5 月，日军独立混成旅团长土屋兵驻少将在长清被游击队击毙，这是县级抗日武装击毙的唯一的日军将级军官，朱德和彭德怀同志对此进行了嘉奖。1942 年春节过后，中共长清县委二区区委书记房泽玉被叛徒指认了身份，行迹暴露，受尽严刑。为了保护党的秘密，为了保护同志们的安全，他坚贞不屈，英勇就义。在抗日战争中，大峰山共有五百八十名烈上牺牲殉国。

冬天的锦阳关（李超摄）

2. 据守锦阳关

　　锦阳关是莱芜境内齐长城上的重要关隘之一，历史上著名的长勺之战就发生在锦阳关一带。而解放战争时期的莱芜战役，成功打破了国民党军南北夹击的计划，为粉碎国民党军对山东的重点进攻创造了有利条件。锦阳关战斗是莱芜战役的重要组成部分。

　　1947年1月底，国民党军队分南北两线进攻山东解放区。其中，第二绥靖区副司令李仙洲率部由明水、淄川、博山一线南下，向莱芜、新泰地区开进，形成北线的作战阵势。南线的国民党兵力密集，行动谨慎，难寻战机。而北线李仙洲集团以梯次配置队形，孤军深入，于 2 月初占领了莱芜、颜庄一线，锦阳关也被占领了。因此，华东野战军指挥部决定出其不意，歼灭北线的敌人。莱芜战役的作战计划由此形成。

锦阳关是一个非常险要的隘口，关口狭窄，两侧全是高山，是军事上必然争夺的地方。莱芜战役打响以后，溃逃北撤的国民党军必然要经过这里。同样，国民党第二绥靖区司令官王耀武如果要派兵驰援李仙洲集团，必须沿着胶济铁路南下，此地也是必经之地。考虑到锦阳关重要的战略地位，华东野战军司令部命令宋时轮司令员率领的第十纵队，务必夺取明水以南、莱芜以北的重镇锦阳关。陈毅、粟裕等首长向第十纵队发布命令，第十纵队执行战役第一步计划时，即控制吐丝口西北锦阳关地区，有截断敌向北之退路，阻击由明水可能来援之敌，并求得在运动中歼灭其一部或大部之任务。第十纵队的战士们纷纷表示，参加莱芜战役是锻炼成长的好机会，决心在这次战役中接受考验，坚决完成上级交付的夺取和控制锦阳关的作战任务。

第十纵队第二十八师政治部主任王若杰亲自到八十三团，与团领导进行了深入研究，决定让一营主攻锦阳关西侧主峰，二营攻占锦阳关东侧山峰。2 月 20 日晚上，快要到达锦阳关的时候，第十纵队先头分队被敌军警戒发觉，受到了敌军的猛烈阻击。在当地向导的带领下，战士们沿着锦阳关西侧崎岖狭窄的小路攀登而上。半夜时分，一连突击排悄然爬上了锦阳关，机枪和手榴弹火力齐发。敌军毫无防备，被打得晕头转向，一片混乱。战士们随即发起冲击，敌军无力抵抗，各自跳山南逃，一连很快就占领了锦阳关。由于山高坡陡，又是黑夜，战士们无法追击，除杀伤和跌死、跌伤在锦阳关下的敌军外，仅俘虏了五十多名敌军。很快，锦阳关北部的屏障大寨庄也被我军攻占。第十纵队一举夺占了锦阳关和大寨庄两个要点，扼制住了莱芜之敌通向胶济铁路的咽喉要道。

华东野战军向莱芜地区发动全面进攻以后，王耀武终于明白，他的任务已经不是堵截围歼华东野战军，而是如何使李仙洲集团逃脱被围歼的厄运。2月21日，王耀武派空军掩护大批部队向莱芜急进，配合莱芜的国民党军队向华东野战军反扑，战况空前激烈。其中，国民党第九十六军暂第十二师及第二绥靖区独立团沿明（水）莱（芜）公路南援，驻上游庄的敌第十二军新三十六师一百零七团两个营则北犯锦阳关，企图南北夹击，打通明水与莱芜的联系，接应莱芜区域被围困的国民党军队突围。

国民党进行了疯狂的反扑，意图再次夺取交通要道锦阳关，这早在第十纵队的意料之中。第十纵队攻占锦阳关后，立即勘察阵地，部署防御，下山到各村搜集建筑材料，赶修工事，并调来重机排到峰顶阵地以加强火力。

21日上午8时许，一架敌机沿锦阳关低空侦察。不久，国民党约两个连的兵力在迫击炮、重机枪的火力掩护下，向锦阳关发起了攻击。第十纵队一连连长王金栋沉着应战，等敌人距离阵地不到五十米时，下令开打，机枪、步枪一齐开火，手榴弹连连投向敌人。很快，敌人的进攻被击退了。战士们抓紧时间整修工事、补充弹药，准备迎击更加激烈的战斗。

大约过了一个小时，敌军又进行了第二次攻击，人数比上次更多一些。第十纵队一连的战士们有了第一次阻击的经验，坚定沉着，信心倍增，火力也组织得更加严密、准确。等敌军靠近时，各种武器一齐开火，敌军再次惨败而归。

　　中午时分，敌军出动约一个营的兵力向锦阳关增援，分别指向锦阳关的东西阵地。守在锦阳关的第十纵队第八十三团团长毛会义看到敌人气势汹汹的样子，推测说："看来，敌人是要孤注一掷了。"于是要求全体战士坚守阵地，适时反击，彻底粉碎敌人夺取锦阳关的企图。敌人首先向锦阳关西侧三连的阵地发动了进攻。战士们凭借预筑工事和密集的火力，将敌人打得死的死伤的伤，连续打退了敌人的好几次冲锋。敌人又向一连防守的阵地发起了进攻，依旧被狠狠地打退了。

　　毛会义团长见时机已经成熟，随即下令对敌人进行全线反击。在重火力的掩护下，一连两个排从锦阳关的右侧直冲山下。进攻的敌人见势不妙，慌忙向后撤逃，与锦阳关下正往上冲的敌人第二梯队撞在了一起，乱作一团。王金栋连长带领战士们追击过来，与敌人展开了白刃格斗。狭路相逢勇者胜，这时候敌人的斗志已完全丧失，敌军在短兵相接的搏杀中非死即伤，很多敌军举起双手投降。

　　在锦阳关的东侧，第十纵队二营的防御战斗打得相对轻松。进攻的敌人感到难以撼动对手的阵地，发起进攻后，稍遇阻击便畏缩不前了。二营乘机反击，敌军无心恋战，夺路南窜。21日9时，第二十八师一团与三团一营相互配合，又夺取了位于锦阳关以北的大寨山，全歼守敌一个营。第十纵队第八十三团一营和二营在锦阳关的坚守与反击，于21日14时结束。进攻之敌在屡攻屡败、损失惨重之后，灰溜溜地退了回去，再也不敢打锦阳关的主意了。锦阳关完全处在第十纵队的掌控之中。

21日晚上，第十纵队司令员宋时轮向华东野战军司令部报告了锦阳关的战况：2月20日晚，我军进占锦阳关，集主力歼大寨之敌，其大部被歼。青业庄敌人大部逃窜，歼其一部。2月21日，上游庄敌人攻锦阳关阵地，我军歼其小部，大部向东北逃窜。同日上午9时，敌暂编第十二师等部四个团由文祖南援，激战至下午5时，为我军击溃。计缴重机枪4挺、轻机枪23挺、六零炮3门、迫击炮2门、步枪250支，毙伤敌800余人，俘虏260余人。独立师于2月21日晚已抵达指定位置。现宋、肖部队于黑峪、锦阳关、上游庄附近，构筑工事，准备再战。

莱芜战役中，第十纵队抢先占领了锦阳关，切断了李仙洲集团北逃的退路，控制住了锦阳关这一军事要地，对莱芜战役取得最终的胜利起到了积极作用。粟裕在《莱芜战役初步总结》中给予了第十纵队很高的评价："十纵及独立师在莱芜西北钳制敌人援兵，使主力部队在莱芜周围放手地歼灭敌人，功劳不小。"

3. 望鲁山战斗

望鲁山坐落在淄博市博山区西南的樵岭前村南3公里处，南北长2公里东西宽1.5公里，主峰海拔达726.6米，是博山与莱芜交界处较高的山之一。古人站在这里，可以遥望鲁国的风景，故称"望鲁山"。另外又相传，春秋时期鲁王之女嫁与齐国，后因齐鲁两国相争，鲁女不得回鲁国归省，怀念亲人时，只能登上山顶遥望，她死后被葬在了这个地方，故名"望鲁山"。

望鲁山是齐鲁两国的接壤地带，望鲁山的东麓有齐长城上最为著名的关隘——青石关，望鲁山的北麓是樵岭前村。解放战争时期，莱芜战役中的望鲁山战斗就发生在这里。

1947年1月底，国民党军队分南北两线进攻山东解放区。南线是国民党军以八个整编师，分三路沿沂河、沭河北犯临沂。北线由李仙洲集团三个军负责，从明水、淄川、博山等地南下莱芜、新泰，企图同华东野战军主力在临沂地区进行决战。

华东野战军在陈毅、粟裕等人的领导下，决定把作战中心放在北线，而仅以两个纵队的军力在南线阻击敌人，装作主力决战的样子，主力则隐蔽兼程，北上莱芜。2月下旬，华东野战军把敌人包围在了青石关、樵岭前村地区。

2月20日拂晓前，解放军第八、第九纵队各两个师，埋伏在了望鲁山、普通、和庄村两侧的山坡上，准备截击由博山南下的国民党部队第七十三军第七十七师。当日13时左右，埋伏好的解放军对国民党第七十七师发动了进攻，双方展开了激烈的战斗。第七十七师处于节节败退的境地。其间，第七十七师师长田君健向李仙洲请求增援，而接到增援命令的第七十三军军长韩浚拒绝增援。田君健决定向博山突围，于是把兵力集中在望鲁山樵岭附近，死守樵岭，等待救援。

解放军对樵岭进行围攻，但几次进攻都没有攻上去。于是，解放军在四面同时发动进攻的同时，以主力从东北方向大举进攻。盘踞在岭上的国民党军队因为接连应战，没有时间休整，大部分冲锋枪、机枪等武器的弹药已经耗尽，狼狈至极。这时候听到满山的枪声和手榴弹的爆炸声，更是惶恐万分。第七十七师师长田君健下令向博山突围。料敌如神的解放军指挥部，早就断定第七十七师只有可能向北逃窜，于是在樵岭通向博山的途中，布满了解放军和民兵，准备沿途截击。逃窜的国民党第七十七师几乎没有进行任何反击，大多被解放军俘虏。师长田君健也自毙于逃窜途中。

负责指挥战斗的国民党第二绥靖区副司令李仙洲在《莱芜战役蒋军被歼始末》中回忆说："第七十三军留在博山的第七十七师二十日直接奉到王耀武的命令，由该师师长田君健率领从博山出发，经和庄沿通往莱芜的大道来莱芜归还建制。该师行经和庄时，天色已晚，被早已埋伏在和庄以南山地的解放军猛烈袭击，展开激烈的搏斗。我接到该师师长田君健的报告，当令第七十三军军长韩浚派兵一团，急往接应；但韩因时至深夜，不便派兵迎接，并说七十七师的战斗力相当强，到天明再看。自此以后，又接到田君健的告急电报说，双方伤亡均大，现仍激战中。以后即无消息，我令驻吐丝口镇的曹振铎师长派人与之联系，也联络不到，并复电说已无枪声。该师全部被歼灭，无一人生还，田君健在双方冲击时被击毙。"由于信息传递的不及时，李仙洲当时认为田君健是被解放军击毙的，实际上，他是用手枪自杀身亡的。

望鲁山战斗作为莱芜战役的重要组成部分，被载入了历史。

4. 青石关伏击战

青石关是莱芜境内齐长城上的重要关隘之一，位于莱芜和庄镇，是淄博博山至莱芜的必经之路。青石关的北面石径陡绝，峭壁奇险。莱芜战役中，华东野战军第八纵队和第九纵队就曾在青石关附近设伏，全歼国民党军第七十七师，从而取得了决定性的胜利。

1947年1月底，国民党军队分南北两线进攻山东解放区。第二绥靖区副司令李仙洲率部由明水、淄川、博山一线南下，向莱芜、新泰地区开进，形成了北线的作战阵势。经过综合考量和周密考虑，华东野战军做好了莱芜战役的部署，计划集中兵力把李仙洲集团围攻、消灭于莱芜地区。

莱芜青石关（牛国栋摄）

147

第二绥靖区司令官王耀武知道了华东野战军攻击莱芜的意图后，为避免被各个击破，他紧急下令让正在张店的第七十三军第七十七师迅速经博山南下，紧急回归军部。第七十七师师长田君健接到命令后，意识到情况紧急，当天就率领全师向莱芜奔去。

第七十七师战斗经验丰富，老兵较多，是全副美械装备的蒋介石嫡系部队，作战能力很强。如果让第七十七师与在莱芜的李仙洲集团的五个师主力会合一处，国民党的作战实力会大大提升。对此，华东野战军迅速调整了作战计划，命令第八纵队和第九纵队迅速赶至青石关附近的和庄隐蔽埋伏，预定在2月20日下午伏击由博山南下的第七十七师。

2月19日下午，华东野战军的第八纵队和第九纵队开赴和庄、普通附近的高地，并在青石关设伏，张网以待。此时夜幕高悬，寒冷彻骨，第八纵队和第九纵队的战士们穿着薄薄的棉衣，趴在冰冻的阵地上，盼望着黎明的到来。

20日上午9时许，第七十七师的先头部队远远地出现在了青石关关口。先头部队按照行军纵队一路急行，竟然比估计到达的时间提前了四个小时。这就给华东野战军指挥部出了一个难题，到底是打还是不打？如果打，就会提前引起第七十七师的警觉，进而调整部署，给华野的全局行动造成更多的困难。如果不打，按照原定时间进行攻击，第七十七师就会越出华东野战军的包围圈，与吐丝口镇的守军会合，战斗将更难进行。

经过慎重考虑之后，华东野战军指挥部下达了命令，对第七十七师提前发起攻击。20日13时许，三发红色的信号弹同时升空,趴在埋伏阵地上冻了一夜又一上午的战士们遵从命令,对第七十七师的先头部队发动了突然袭击,打得敌人措手不及。整个战场顿时硝烟弥漫,手榴弹的爆炸声、枪声、喊声响成一片。战士们很快插入了第七十七师行军纵队之中,切断了前卫团与后续部队的联系。

第七十七师毕竟是有经验的战场高手,突然遭受到猛烈的伏击,并没有使他们乱了阵脚,他们迅速拉开了迎战的架势。师长田君健一方面用报话机向李仙洲做汇报,请其派部队增援;一方面命令部队沉着应战,让炮兵营迅速进入阵地,准备射击。

下午4时左右,战斗已经激烈进行了三个小时,第七十七师主力被逼退到了玉皇顶、燕子山及其附近的两个村子内。玉皇顶位于和庄以东,是当地的制高点。第七十七师的后卫团按照师长田君健的命令,进攻玉皇顶及和庄西北高地,而华东野战军在这里早已布置好了伏兵。一场对玉皇顶山地的争夺战瞬时打响。第七十七师后卫团使用美式迫击炮、火焰喷射器等精尖武器,让高温翻卷的火舌一遍又一遍地舔过整个山头,乘机攻占了玉皇顶的主峰。华东野战军则进行了猛烈的反攻,又夺回了阵地。喷射的火焰,密集的炮火,轮番的冲锋不断席卷而来。在不过二百余平方米的玉皇顶上,双方反复进行争夺,互不退让。

在和庄阵地上,华东野战军第九纵队已经攻占了和庄,又从四面八方向村庄中心突击。射向第七十七师师部的照明弹及各色信号弹的光焰交织在夜空,形成了一张笼罩和庄的巨大火网。

战斗进行到晚上 9 时左右，师长田君健在与李仙洲最后一次通话恳求增援遭到回绝后，见大势已去，只好放弃了玉皇顶与和庄一带的阵地，集中兵力转移到了和庄西北四公里处的樵岭，以便向博山突围。在追击与阻击部队的密集火力的射击下，第七十七师余部不断有突围者中弹倒地或缴枪投降。

21 日凌晨，第七十七师余下的大部被歼灭，少数企图向北逃窜返回博山的漏网之鱼，也被第九纵队司令员许世友预先埋伏的部队在青石关附近围歼。下午 5 时，华东野战军发起总攻，孤军作战的第七十七师几乎全军覆灭，仅副师长陈运武率领残兵三百余人在边战边逃的情况下逃回了济南。

第七十七师师长田君健自知无力回天，在绝望中自杀。田君健的卫士姚荣在《跟随田君健见闻》中回忆道："这时大概是夜里 11 点多钟，夜色漆黑，又下着毛毛雨。我正劝慰田君健的时候，解放军已围拢来了，高喊缴枪不杀。一声枪响，田应声倒地，原来他用手枪对着心口打了一枪。田君健死时还不到四十岁。"田君健最后留给部下的话是："这次作战，简直就是盲人骑瞎马，是瞎子跟明眼人打架，拿命来开玩笑。"

青石关伏击战截断了国民党军队撤回博山的退路，为莱芜战役的胜利奠定了基础。

5. 罗圈村八路军医院

2022 年 6 月，淄博市淄川区太河镇罗圈村入选了第二批山东省红色文化特色村培育创建名单。罗圈村位于太河镇东南部，北靠王家村，西接纱帽村，东临紫峪村，南接博山区，是淄川段齐长城沿线的十五个村庄之一。

罗圈村约在元代建村，原名为"罗圈峪村"，海拔达710米，是淄博市海拔最高的行政村。村域面积约为5平方公里，地形南高北低，村内绝大部分建筑为传统建筑。

由于具有地理上较为隐蔽的优势，抗日战争时期，罗圈村成为八路军后方的战地医院。1943年春天，八路军山东纵队某部医院从寨里镇的井筒村移驻到了罗圈村。这所医院的医护人员共有十几人，伤病员约为四十人。再加上保护他们的一支八路军小队，共有一百人左右。这个团队的队长叫赵团富，指导员是王德善。当时，医护人员、伤员和部队战士分散住在罗圈村。

最初，重伤员隐蔽在村外的南峪洞中，后来搬回了村里居住。轻伤病员分散住在各户家里。一部分战士住在村中心的杜元珠家，炊事班住在杜曰谓家，一位姓韩的医生住在杜元启家。时任八路军山东纵队教导二旅副政治委员的袁升平也住在村里，他的勤务员是当地后沟村的朱庆远。

村民们腾房让屋，帮着照顾伤病员。村民们自发地将主房和东屋让给受伤的八路军住，他们自己则挤在位置不佳的西屋里。村民们还帮着筹粮种菜，保障八路军战士们和伤病员的生活。

平常的时候，医护人员尽职尽责，日夜为伤病员治病疗伤，也利用自身优势帮助百姓看病治病。部队战士们除了轮流站岗放哨外，还参加军事训练。他们抽空就帮助老百姓挑水、扫院子，或干其他农活，连大街都打扫得干干净净，还利用晚上的时间组织大家搞文娱活动，有说有唱。春节过后，他们还和老百姓一起闹元宵，非常热闹。这真正体现了"民拥军，军爱民"的真实情感。

1945年秋，随着解放战争的打响，前方急需医护人员，并且伤病员们已经基本康复，罗圈村八路军医院的人员奉命归队奔赴前线。医院就因此迁走了。

1943年至1945年，近三年的时间里，罗圈村八路军医院救治伤病员近千人，战士们和伤病员共计住了罗圈村115间房屋。罗圈村八路军医院为鲁中地区抗战的胜利做出了重要贡献。

罗圈村还曾是博山、淄川、益都、临朐四县联合办事处的驻地，至今旧址仍存。残破的院落中，古树参天，镌刻着时代印痕的石屋、石磨，仿佛在静静守候着那段峥嵘岁月。

现在，罗圈村不仅入选了第二批山东省红色文化特色村培育创建名单，还在2015年入选了山东省第五批重点文物保护单位，也入选了第四批中国传统村落、第一批山东省传统村落、第一批山东省"乡村记忆工程"传统（文化）村落、"好客山东最美乡村"。

6. 马鞍山保卫战

抗日战争时期，"狼牙山五壮士"宁死不屈、英勇跳崖的革命故事为后人传颂。齐长城沿线的马鞍山一带，也流传着抗日战士壮烈跳崖的故事。

淄博淄川马鞍山段（唐家福摄）

马鞍山位于淄博市淄川区太河镇大口头村南，因东西狭长、形似马鞍而得名，主峰海拔达 618 米，总面积为 25 平方公里。马鞍山西侧有春秋战国时期修建的齐长城、烽火台、兵营，当时这里是齐鲁两国的交界处。齐长城遗址三台山赫然耸立在马鞍山一带的崇山峻岭之上。

马鞍山山势陡峭，易守难攻，上下山仅有一条呈 75 度夹角的天梯道，只可一人通行。抗日战争时期，这里发生了可歌可泣的马鞍山保卫战，表现出了中国人民英勇不屈的精神。

1942 年，侵华日军和伪军集结五万兵力，对鲁中区实行了更加残酷的"拉网合围"式大"扫荡"。身负重伤的鲁中军区二团副团长王凤麟同志，带领一些伤病员和家属来到了马鞍山，他们一边疗养，一边担任守山的光荣任务。只是当时山上缺粮少水，他们弹药不足，战斗力十分薄弱。

11月，"扫荡"鲁中区的一千余日伪军向西北折回的途中，经过马鞍山地区。大汉奸唐云三说，马鞍山上驻有八路军的重要领导人和兵工厂，屯有重要的军事物资。日伪军信以为真，准备大举进攻马鞍山。而此时，马鞍山上我军的干部、伤病员，连同老人和孩子总共不过四十人。面对强悍而凶狠的敌人，大家都坚定地表示"人在山在"，誓死也要守住马鞍山。

11月9日，日伪军借助飞机、大炮、重机枪等重型武器，对马鞍山发动了猛烈的进攻。敌人在孟良台、东坡和后峪岭等山上架起了大炮，直轰南天门和峰顶，数架敌机配合，轮番俯冲轰炸，大批敌人向山上不停地冲击。王凤麟团长沉着冷静，带领几位负责人做了周密的战斗部署。山上的伤病员、家属，包括老人和小孩都行动起来，用手榴弹、石头和仅有的几支枪阻击日伪军。

占据着马鞍山地势险峻，敌人的第一次进攻以失败告终。紧接着，在指挥官的驱赶下，敌人又开始了第二次、第三次进攻……经过一天的激战，我方打退了敌人的无数次进攻，山坡上、石峰下横满了敌人的尸体。

到了第二天，战斗更加残酷。为了攻下马鞍山，敌军从博山、莱芜、张店等地调来了三十多辆汽车，运来了日伪军三千余人和大量弹药，加强了攻山力量。大炮、重机枪、飞机也增多了，敌人轮番冲锋，向马鞍山狂轰滥炸。

在激烈的战斗中，山上大部分人都英勇牺牲了。王凤麟团长身上多处负伤，浑身是血，头部中弹，倒在了血泊中。为了不当日伪军的俘虏，他把最后一颗子弹留给了自己。这位英勇顽强的战斗英雄，为民族解放的神圣事业献出了年轻的生命。冯绪臣老人把最后一块石头砸向敌人后，从后山跳崖，壮烈牺牲。腿部已受重伤的冯文秀见此情形，将没有子弹的枪支摔碎，毅然跳崖，也壮烈牺牲。在这次残酷的战斗中，牺牲的烈士共有二十七人，其中跳崖牺牲的有七人。

经过两天一夜的激烈战斗，敌人付出了沉重的代价，被击毙的参谋长以下官兵一百余人。当敌人占领马鞍山之后，既没有见到兵工厂，也没见到重要物资，更没抓到我军的高级领导，只得到了一座空山。

时任博山县县长的毛梓材特意为马鞍山抗日英雄们撰写了《马鞍山抗日烈士赞》，赞叹道："奇男儿，守空山，频将敌伪截断。飞机大炮山可撼，壮志英风不变。深知军械势悬殊，浴血运石仍抗战。拼头颅使敌伪惊服，这气节教人民敬念。山或崩石或烂，烈士精神终古焕。"短短的六十多个字，生动描写了马鞍山抗日先烈们英勇不屈、气壮山河的英雄气概和人民的怀念敬仰之情。

马鞍山保卫战气壮山河，威震敌胆，在中国抗战史上写下了光辉的篇章。1944 年 12 月 6 日，鲁中区一分区派王凤麟生前的警卫员、侦察英雄石洪生和吴炳言等四名同志，智取了马鞍山，这座洒满烈士鲜血的山峰又重新回到了人民手中。

7. 穆陵关阻击战

穆陵关山谷陡峭，地势险要，自古以来就是兵家要地。抗日战争时期，这里发生的穆陵关阻击战，中国军队以沉重的伤亡代价成功阻滞了日军南下，为部署临沂阻击战及台儿庄战役赢得了宝贵的时间。

1937 年 12 月，日军进入山东，山东形势骤然紧张。1938 年 1 月，日军板垣师团从青岛登陆，沿胶济铁路西进，目标是占领临沂直取徐州。日军计划分成两路南下，一路经诸城、莒县，一路经青州、沂水。为了确保徐州要地的安全，国民政府第五战区根据军事委员会的部署，于 2 月 3 日下达了作战命令，派遣游击区一部与海军陆战队联合扼守日照、莒县、沂水等北方战略要点。

中国海军陆战队第五大队主要由青岛市清洁队、码头工人和爱国青年学生组成，共计约六百人，由大队长陈宝骥率领，从青岛撤退到穆陵关，抢先占领穆陵关附近的制高点，并设置埋伏，准备阻击板垣师团。中国海军陆战队第五大队是在仓促中组建成的，但武器装备还算精良，计有迫击炮 3 台，37mm 速射炮 1 台，还配有捷克轻机枪等。

日军中进攻沂水方向的冈崎部队，就是片野支队的第四中队，分为 3 个小队共 185 人，同时配属机枪小队 22 人、汽车队 5 人、旅团无线上等兵 5 人、翻译密探 3 人。

2 月 19 日，冈崎中队派出第二小队作为先遣部队向穆陵关前进。行进到穆陵关北约 4 公里处的李户庄村时，与据守该高地的中国海军陆战队第五大队展开了激战。当时，沂水七区以李钟盈为队长、李道德为指导员的游击中队听到这一讯息，立即赶往穆陵关支援。游击中队马上投入战斗，从侧翼打击日军。

在迫击炮的支援下，日军向中国海军陆战队阵地发动了攻击。海军陆战队凭借着穆陵关险峻的山势，从正面及两侧高地向来犯的日军猛烈地射击，成功将日军压制在了山下。第一次攻击失败后，中队长冈崎再次命令各小队在机枪及迫击炮的掩护下，向海军陆战队发起更猛烈的进攻，进攻的日军再次受到陆战队密集的火力阻击。

正面攻击受挫之后，中队长冈崎亲自率领预备队向穆陵关西侧进攻，并命令其他小队发起猛烈攻击。面对日军的第三次疯狂进攻，海军陆战队队员也不甘示弱，对来犯日军进行了迎头痛击，使日军寸步难行。

2月19日傍晚，日军再次发动攻击，十余架飞机轮番轰炸阵地，并由步兵从三面夹击穆陵关。大队长陈宝骥命令全体官兵道："日寇不到百米以内，不准开枪！"等到日敌行进至阵地前沿时，陈宝骥大声命令道："打！"轻重武器一齐开火，打得日军倒的倒逃的逃。陈宝骥振臂高呼道："中华民族万岁！"并领唱了《义勇军进行曲》，歌声响彻云霄，山鸣谷应，陆战队抗击日军的士气异常高昂。随后，陈宝骥身负重伤，但是他拒绝让警卫员背着撤退，而是继续双枪齐发，连续打倒七个日军后，壮烈牺牲。

由于敌强我弱，实力悬殊，弹尽援绝，陈宝骥大队长及数百名将士英勇殉国。海军陆战队也伤亡巨大，只剩下了不足一百人，不得不撤出穆陵关，退到沂水县城进行休整。游击中队因日军火力太强，自身所处的地形不利，也撤出了穆陵关。

当天晚上 8 时，日军完全占领了穆陵关，并完成了部队集结。在这次穆陵关阻击战中，海军陆战队付出了沉重的伤亡代价，但是完成了在穆陵关阻击日军南进的任务，为临沂阻击战及台儿庄会战争取到了部署的时间。

当年参加过穆陵关阻击战的老战士刘宗钧，留下了《穆陵抗战》的诗篇："穆陵关前挫敌锋，海军健儿展雄风。血沃齐鲁垂青史，愧煞南逃十万兵。六百英烈壮山河，功过自有后人评。试看关顶鏖战处，故垒依稀记峥嵘。"

8. 激战城顶山

城顶山位于安丘石埠子镇孟家旺村，地处辉渠、雹泉、庵上三个乡镇的交界处，海拔达 429 米，呈东北—西南走向。城顶山山顶西侧、西南侧，有齐长城遗址。城顶山高大雄阔，周围群峰连绵。抗日战争时期，激战了七天六夜的城顶山之战就发生在这里。

1943 年 2 月 17 日，是中国农历新年的正月十三，日军独立第五、第六混成旅团和第七旅团一部，连同伪军共计 2.5 万余人，在山东派遣军第十二军司令土桥一茨的指挥下，向安丘的城顶山发动了"拉网"式大"扫荡"，企图消灭国民党鲁苏战区的主力第五十一军第一一三师。当时驻守城顶山的是国民党军第一一三师及六七八团，总兵力不足万人。

战斗一开始，日伪军就有备而来，先用大炮猛烈进攻，山头上黑烟滚滚，火光冲天，三尺之内人影不辨。炮击刚停，大量日伪军蜂拥而上，志在必得。由于敌众我寡，战斗打得异常惨烈。阵地上枪声大作，杀声震天；山脊上血迹斑斑，尸骸相枕。

六七八团团长刘斌率部在山麓要隘处浴血苦战，他身先士卒，抱起机枪，站在山石上对着日伪军狂扫。突然，一串子弹射透了刘斌的左胸，刘斌壮烈殉国。二营营长闻讯跑来，大声说："传达各营连排，刘团长重伤，由我代理团长指挥作战。人在山在，临阵脱逃者，格杀勿论！"为解决弹药不足的问题，士兵们利用滚石檑木，居高临下，奋勇阻击。战到黄昏的时候，日伪军始终未能攻破防线，于是停止攻击，在山下安营扎寨。

鲁苏战区政治部主任周复、第一一三师参谋长张植桴等认为日伪军对城顶山是志在必得，而我军即将弹尽粮绝，继续打下去只会全军覆没。为了保存实力，最好分头突围。半夜时分，气温骤降，天空飘起了大片雪花，周复率八百余人悄悄向东行进，在几座山头间来回转走，力图跳出日伪军的包围圈。当来到张家溜西山时，周复的部队受到日伪军的进攻。日伪军用迫击炮轰击了半小时，山头上爆炸声四起，硝烟弥漫，令人窒息。周复率领将士们居险死守，下达命令道："死守阵地，没子弹了，用手榴弹炸，用刺刀刺，用石头砸，用牙齿咬，与敌人拼个你死我活！"

当弹药几乎耗尽的时候，周复带领六十名身强力壮的士兵组成敢死队，决定强行突围。周复冲在最前方，当敢死队冲至半山腰时，遇到一股日伪军的进攻。一挺九二式重机枪迎面扫射过来，敢死队队员们毫不畏惧，继续向前冲，前面的倒下了，后面的脚步不停。突然，周复一个趔趄摔倒在地，原来是胸部不幸被流弹击中，英勇牺牲。

在日伪军持续不断的猛烈攻击下，城顶山危如累卵，只有张植桴指挥少数残兵仍在拼死抵抗。21日下午，日伪军发动了总进攻，山头风声鹤唳，国民党守军全线崩溃。万分危急的时刻，张植桴率领残余将士突围。当冲到城顶山西麓的一个小山坡上时，将士们遇到了日伪军的大部队。国民党军队弹药耗尽，于是与日军短兵相接，展开了惨烈的白刃格斗。张植桴腿部中刀，血流如注，不能行走。卫士李三友前来救护，被敌人刺死。日伪军知道张植桴是高级军官，想要俘虏他。张植桴扶着一棵松树站起身来，面朝家乡河北的方向，从容举枪，自戕殉国，当时他只有四十二岁。

直到23日夜晚，日伪军才进行撤退，离开城顶山。战区总部随即派人来清扫战场，救治伤员。从2月17日到2月23日，城顶山战役历时七天，歼灭日伪军千余人。而国民党军队也损失重大，阵亡将士达四百六十余人，伤者及被俘者数量极大。中央军事科学院战史部评价说，城顶山反"扫荡"的规模，仅次于台儿庄战役。

9. 黄石板坡自卫战

《大众日报》在1944年5月19日刊登了一篇名为《黄石

板坡人人是好汉，土枪土炮抗击千余伪军》的报道。报道中说：
"新华社山东分社鲁中 15 日电：安丘黄石板坡群众，用原始武器，抗击着上千的敌伪，坚持了 5 个钟头，最后弹药断绝，才英勇突围而出，创造了群众浴血奋战，保卫家乡的战斗范例，给敌伪以沉重的打击。"报道中讲的，就是黄石板坡自卫战。

黄石板坡村位于潍坊市安丘县辉渠镇，附近五龙山、城顶山等山上的齐长城遗迹清晰可见。抗日战争时期，这里发生了反"扫荡"的黄石板坡战斗。

1943 年秋，中共安丘县委和安丘县抗日民主政府建立后，黄石板坡村政权也建立了起来。村里成立了自卫团，有团员 130 人，下设 3 个排 13 个班，共有土炮、抬枪 110 支。另外，村里从自卫团中挑选出强兵勇将建立了护村队，负责下地枪、埋地雷、查岗放哨等任务。为了防备日伪军的袭击，村民们集中人力、物力重新修筑了圩墙，加固了四个圩门，并沿圩墙新建了 13 座炮楼。黄石板坡严阵以待，随时准备反击前来侵犯的敌人。

胡鼎三特务团隶属于伪军"鲁东和平建国军"，他们仗着有日军撑腰，三番五次地到周围村庄烧杀抢掠、催粮逼款。大多数村庄的群众迫于他们的淫威，只得违心缴纳钱粮。但黄石板坡村的村民每次都把他们痛击回去，伪军对黄石板坡村非常痛恨，想要伺机报复。

1944 年 3 月，胡鼎三带着二百多名伪军来到了黄石板坡村，但被村民们布置在村口的地雷阵给吓了回去。村里的自卫队知道伪军不会善罢甘休，随后赶紧造灰药、埋地雷、下地枪、挖陷阱，准备迎击伪军的再次进犯。

4月5日上午，胡鼎三又纠集二百多名伪军来到了黄石板坡村，村民们严阵以待。伪军一边向村里扔手榴弹，一边派人对村里喊话："你们被包围了，快投降吧！"村里的自卫队队员们一枪击毙了喊话的人，胡鼎三赶紧命令撤退。

4月8日拂晓，两千多名伪军倾巢出动，带着迫击炮1门、手炮2门、机枪3挺等装备，把黄石板坡村围得水泄不通。黄石板坡村全体村民迅速行动起来，做好战斗的准备。同时，派人到县教导队报告敌情。早上6时，伪军们发动了进攻。面对人数远远多于自己、装备精良的伪军，有的村民提出先把老人和孩子送出村子，留下年轻的能打仗的。但老人和孩子一个都没有走，他们把所有的粮食也都留了下来，妇女、儿童送饭、送水、送弹药，老人传递情报。全村男女老少破釜沉舟，同仇敌忾，英勇抗击，一连打退了伪军的多次进攻。

上午10点多钟，伪军考斌之一团、韩寿臣十团奉命来增援胡鼎三。胡鼎三随即调整了部署，重点进攻村子的东南角，希望找到突破口。东南角的村民沉着应对，以围墙、炮楼作为掩护，狠狠打击了伪军。胡鼎三气急败坏，命令向村里猛投手榴弹。在排长李金奎的率领下，村民们把伪军投掷过来的嘶嘶冒着烟的手榴弹又迅速扔了回去，炸得伪军抱头鼠窜。

村子的东南角没能攻下，伪军又分别向村子的东边、东北角、西北角等方向进攻。由于村西北角的炮楼、火药库被伪军的炮弹击中后起火，自卫团李景有等人被烧伤，伪军乘机冲上来涌进了村子。进村后，伪军大肆烧杀抢掠。自卫团同伪军展开了激烈的巷战，弹药用完了，就用红缨枪扎，用石头砸。另外，还有一部分自卫团掩护村民向西南方向撤退。

战斗持续到中午时分，村里的巷战也越来越激烈。民兵李云茂只身一人在村东南角的一个胡同内与大群敌人展开激战，他临危不惧，打死了不少伪军，最后英勇捐躯。七十多岁的老人李吉、李益海，在各自的家院里与伪军搏斗，他们用镢头、钢钎砸死两个伪军后，壮烈牺牲。

在这千钧一发之际，县教导队派兵赶来增援，伪军被打得狼狈逃窜，撤离了黄石板坡村。

黄石板坡自卫战，村民们共打死伪军 32 名，打伤 36 名，使该村附近二十几个村庄免遭伪军的毒手，打乱了日伪军南侵解放区烧杀抢掠的计划。黄石板坡村的房屋有 92 间被烧毁，自卫团团员、村民有 8 人牺牲，22 人受伤。黄石板坡自卫战之所以能给伪军以重创，是因为全村人的坚定决心和不怕牺牲的精神。

此后，当地群众自发编写了一首歌曲《打黄石板坡》，赞颂村民们的战斗精神。歌中唱道："提起石板坡呀，出了些英雄汉，抬枪土炮堵住了胡团，打死了他们的指挥官；男女齐动手呀，作战大半天，长枪短枪堵住了胡团，消灭了他们一个连；才待有损失呀，主力来增援，军民配合打败了胡团，要活捉胡鼎三。"歌谣朗朗上口，很快在安丘西南部流传开来。

很快，山东省军区机关派人前来慰问，安排受伤人员转到军队医院治疗，牺牲人员按政府抚恤条例加以抚恤，并奖励步枪 11 支、手榴弹 40 枚、子弹 70 发。为了表彰黄石板坡村村民的英雄事迹和顽强的斗争精神，山东省军区授予黄石板坡村"民兵英雄单位"的光荣称号，及绣有"铜墙铁壁""妇孺皆兵"的锦旗。

2015年6月，黄石板坡战斗纪念地被山东省人民政府公布为山东省第五批省级文物保护单位。2022年6月，黄石板坡村入选了第二批山东省红色文化特色村创建名单。

10. 北杏村出了个王尽美

北杏村是中国共产党创始人之一、革命志士王尽美的故乡，现属潍坊诸城市枳沟镇，与五莲县交界。这是一个景色秀美的村庄，村前是东西走向的齐长城，村西是自南而北的潍河水，村南是雄奇壮丽的沂山山脉，村北是一望无际的昌潍平原。

王尽美，原名王瑞俊，字灼斋，1898年出生于北杏村的一个佃农家庭。王尽美出生时，父亲已经去世四个多月了，家中只有祖母、母亲和年幼的他。作为佃农，王尽美一家租种着地主的土地，一年到头忙个不停，但收获的粮食大部分要给地主交租，过年过节的时候还要去地主家免费帮工。

近乎赤贫的生活，让王尽美从小就备尝生活的艰辛，经常是吃了上顿没下顿，饿肚子是常有的事情，使得他身体瘦弱不堪。祖母心疼孙儿，无奈之下劝嘱王尽美道："你饿极了的时候，见了东家态度尽量恳切一些，叫声老爷、太太，他们兴许就会施舍点儿吃的东西给你。"可是，早慧倔强的王尽美没有按照祖母说的去做，他就是饿死也绝不会去地主家里乞食。

六七岁的时候，因为年龄相仿，聪明好学，王尽美先后到两家地主设的私塾中为地主的儿子伴读，学的是《三字经》《千字文》等启蒙课程。这难得的读书识字的机会，为王尽美日后能够进一步自主学习打下了最初的基础，也为日后他走上不平凡的人生道

王尽美像

路铺就了第一段路石。但是，两家的地主的儿子因为得了急病相继死掉了，这让王尽美失去了继续学习的机会。直到三年半之后，王尽美才又得到了上学的机会，上了两年村塾。王尽美好学善思，深得村塾老师张玉生的喜欢，张玉生直到晚年还经常对人夸奖王尽美。

王尽美喜欢跟随母亲到离村子六公里的枳沟镇去赶集。说书先生讲的《说岳》《杨家将》《水浒传》里的英雄好汉的事迹，深深地吸引着他、感染着他，坚定了他的反抗意识，让他养成了一种侠义的精神气质。村里逢年过节都会有戏班子表演，演的大多数是尽忠尽孝的故事。好学的王尽美被吸引住了，很快学会了笛子、唢呐、二胡等伴奏乐器，还能够上台表演，在台上演得惟妙惟肖。比王尽美小几岁、同是枳沟镇革命前辈的李又罘曾回忆说："正月十四，我到北杏村去看戏，看见尽美在

台上吹小笛，腰间系着扎腰带，戴着毡帽头，像个农民的样子。他有时也打锣、敲梆子、吹唢呐……当我看他在戏台上的情形时，心里真对他佩服极了。他就是这样多才多艺！当我踏着夕阳回家时，又看见他在路旁的树林里，背着粪筐捡粪了。"乡土才艺、戏曲故事，对于家庭贫苦的少年王尽美来说，应该是苦难生活中的精神享受。

年少时期的王尽美，主要生活在北杏村和枳沟镇。贫穷艰辛的生活经历，激发了王尽美的学习热情，锻造了他刚毅、坚忍的性格，让他更容易接受革命的思想，强化了他渴望改变现状的反抗意识和斗争精神。

1918年，二十岁的王尽美考入了山东省立第一师范学校，要去济南继续求学。在离开心爱的北杏村时，王尽美挥毫作诗，抒发了铮铮情怀。诗曰："沉浮谁主问苍茫，古往今来一战场。潍水泥沙挟入海，铮铮乔有看沧桑。"离开家乡之后，王尽美努力探索救国救民的革命真理，在济南组织了励新学会、共产主义小组、马克思主义研究会等。

1921年7月，王尽美出席了在上海举行的中国共产党第一次全国代表大会，成为中国共产党的创始人之一和山东党组织最早的组织者和领导者。1922年1月，王尽美赴莫斯科出席了远东各国共产党及民族革命团体第一次代表大会，受到了革命导师列宁的接见。1923年，王尽美被调回山东，组织领导了济南、青岛等地的工人学生运动。1924年1月，王尽美出席了在广州举行的中国国民党第一次全国代表大会。

由于长年参加过度紧张的革命活动和四处奔波，王尽美积劳成疾，不幸感染上了肺结核。1925 年 6 月，病情发展到晚期的王尽美，回到了家乡北杏村养病。最终，王尽美于 1925 年 8 月 19 日在青岛的医院病逝，生命定格在了二十七岁。临终之前，王尽美留下口授遗嘱："全体同志要好好工作，为无产阶级和全人类的解放和共产主义的彻底实现而奋斗到底！"由始至终，王尽美把劳苦大众的解放看作生命追求的最高目标。王尽美去世后，遗骨被埋葬在了家乡北杏村，后来迁葬到了济南革命烈士陵园。

新中国成立后，毛泽东主席在青岛视察工作时，曾特意向山东的负责同志讲起王尽美，说："你们山东有个王尽美，是个好同志。"1961 年 8 月 21 日，董必武同志在去武汉的途中，深情地怀念起了王尽美，在列车上挥笔写了这首《忆王尽美同志》："四十年前会上逢，南湖舟泛语从容。济南名士知多少，君与恩铭不老松。"王尽美永远活在中国人民的心中。

七

千年古韵：齐长城沿线古村落

群山相连，绿树成荫，鸟语花香，果满枝头，这是齐长城沿线的古村落留给世人的深刻印象。脚踏在齐长城遗址的青石上，手摸着这一块块断墙残垣，遥想着昔日的兵戈铁马，讲述着祖辈们的孝道亲情故事，吟诵着歌颂家乡热土的美妙诗篇，自豪骄傲的情感油然而生。这里有先祖开创新村的艰辛，有人们对历史英雄人物的追忆，有王侯墓葬考古发掘的神秘，有村民依据山势合理造田造房的智慧，更有对未来美好生活的蓝图规划。齐长城沿线的古村落，已经成为现代人们出门旅游的绝佳选择。畅游齐长城遗址，徜徉于青山绿水之间，感受美丽乡村的风土人情和历史底蕴，体会岁月流逝的悠然，共同助力文旅产业发展和乡村振兴。

1."九省御道"上的长城铺

在济南长清，长久以来流传着一首歌谣："说长城道长城，长城自古有威名。九省御道长城过，南堂北堂观音堂，三十台阶上下坡，皇姑院里边坐，进门都有三步两孔桥，姜女庙大殿朝南座，姜女喜良殿中坐，黄狗唤来喜良命，千年历史不能改……"这首歌谣说的就是"九省御道"上的长城铺。

长城铺，现名长城村，位于济南市长清区万德镇，齐长城从村北横穿而过。长城铺地处张夏谷地，左右都是崇山峻岭，自古就是南北交通的咽喉要道，地理地位十分重要，京沪铁路、京沪高铁、京沪高速公路、104国道都从此处经过。古代，村中设有规模宏大的驿站，并建有过街阁，上祀玉皇、关公。过街阁关门之下，就是连通南北的"九省御道"。在该村一直流传着"南京到北京，过街阁最高"的说法。

"过街阁"东南侧有座寺庙叫"皇姑院"。传说当年万历皇帝的母亲和妹妹一道来泰山进香，路过过街阁时，万历皇帝的母亲突然从轿子里栽了下来。太医看后，说：皇姑不能婚嫁。万历皇帝的母亲便许愿女儿在此出家，并修建了皇姑院。从此以后，历代文武大臣路过过街阁时，文官下轿，武官下马。至今，村民赵殿义家还保存着一块《重修皇姑院记》碑的残片。

长城铺建有孟姜女庙。顾炎武在《山东考古录》中记载："余过长清县之长城铺，见有杞梁妻祠，乃列圣母娘娘诸像不下十数，而人尚呼之为姜女庙。"村里原有的孟姜女庙规模较大，坐北朝南三大间，十九步台阶，庙前有三棵两合围的古柏，十余通石碑。庙内塑孟姜女像，两侧有童子塑像，墙壁上绘着孟姜女的故事画。当地村民说，以前孟姜女庙香火很旺，一到节日，周边百里的人都前来进香。至今，长城铺仍盛传孟姜女是本村人。村里的三户姜姓人家，据称是孟姜女本家的后裔。

长城铺东有一条河，当地人叫它"红石江"。传说孟姜女哭倒了这里的长城后，丈夫万杞梁的尸骨显露了出来。孟姜女抱起丈夫的尸骨，为他穿上了新做的棉衣，重又将他入土安葬。本想随夫而去的孟姜女又想到还有公公婆婆需要照顾，便强忍悲痛返回了家中。可是没过几天，年迈的公婆得知儿子已亡，双双悲伤离世。刚埋下夫君，又送走了公婆，孤苦伶仃的孟姜女实在没有了活下去的勇气，就只身来到村里的河边，纵身跳下河去。吞噬了孟姜女的河水顿时变成了红色，红色河水又将两岸的岩石也染得殷红。后来，人们就管这条河叫"红石江"。

在这一带，还有一首关于孟姜女的民歌世代传唱：

正月里来是新春，家家户户点红灯。别家夫妻团圆聚，孟姜丈夫造长城。

二月里来暖洋洋，双双燕子到北方。新窝做得端端正，成对成双在花梁。

三月里来是清明，桃红柳绿百草青。家家坟上飘白纸，杞梁坟上冷清清。

四月里来养蚕忙，姑嫂双双去采桑。桑篮挂在桑枝上，擦把眼泪采把桑。

五月里来杏儿黄，杏儿发黄泪两行，家家田里插秧苗，孟姜田里青草黄。

六月里来热难当，蚊子飞来咬胸膛，宁可叮我千口血，莫叮我夫万杞梁。

七月里来秋风凉，家家窗前裁衣裳，青红蓝白都裁到，孟姜家里是空箱。

八月里来雁门开，孤雁足上带书来，闲人只说闲

172

人话，哪有人送寒衣来。

九月里来是重阳，重阳美酒菊花香，满满斟来奴不吃，无夫饮酒不成双。

十月里来稻上场，家家户户忙打粮，家家都把官粮纳，孟姜无粮身抵挡。

十一月里雪花飞，孟姜千里送寒衣，前面乌鸦来领路，杞梁长城冷凄凄。

十二月里过年忙，家家户户祭祖上，人家都把猪羊杀，孟姜家中无猪羊。

2. 蒿滩村与蒿滩市

了解现在的行政区划的人都知道，按照区域管理级别大小排序依次是省、市、县、乡、村。当听说山东省还有个"蒿滩市"时，人们的脑海里不禁挂满了问号。原来齐长城沿线有个历史悠久的传统村落，村名叫"蒿滩市"，在当地有很大的名气。

蒿滩市村隶属泰安市岱岳区下港镇，是木营村里的一个自然村，因位于泰安市和济南市的历城区、莱芜区、章丘区四地的交界处，被人们称为"四界首"。

蒿滩市村的知名，来源于自身悠久的历史及身处齐长城沿线优美的地理环境，还有当地人们"出其不意"的特意规划。蒿滩市村存在的历史非常悠久。早在殷商时期，甲骨文卜辞中就已经可以见到关于泰山附近有"蒿"地的记载。春秋战国时期，蒿滩附近的齐长城成了齐鲁两国的重要分界线。为了发展诸侯国间的贸易，促进交往，两国就在齐长城沿线设置了多处市场，蒿滩市就是其中之一。"蒿滩市"就是由此而得名的，这个"市"是市场的含义，而不是后世所理解的市级管辖单位。此后，秦朝统一了全国，齐长城的军事防御作用不再重要，蒿滩市村也跟着沉寂了一千多年。清朝时期，清政府在蒿滩市村附近派兵驻守，用木桩扎营驻军，所以蒿滩市村的所属行政村叫作"木营村"。

村民们认为，应该把蒿滩市村丰厚的历史文化底蕴利用起来，尤其是把村名中"市"的元素凸显出来，以提高村子的关注度和影响力。于是，"蒿滩市政厅""蒿滩市邮电局""蒿滩大学堂"等具有历史气息和文化色彩的各项简易建置，分布于蒿滩市村中。听到名字，看到实物，两相对比之下，人们纷纷莞尔一笑，认为是谐中见趣。很快，"蒿滩市村"便闻名遐迩，妇孺皆知，被戏称是"中国唯一村辖市"。

如今，当人们来到蒿滩市村游玩时，首先映入眼帘的就是村庄入口处气派的牌坊，两侧楹联上写着"中国唯一村辖市，山东海拔最高村"。蒿滩市村海拔高达 860 米，从所处位置来看海拔确实很高。

蒿滩市村山峦重叠，植被茂密，地处省级长城岭地质公园内。村内的齐长城为最原始、保存最完整的长城遗迹之一，具有重要的保护价值和研究价值。

3. 孙阁老与逯家岭村

  随着 2020 年电视剧《安家》的热播，莱芜逯家岭村受到了极大关注，很多人涌进逯家岭村游玩，使这里成为知名的"网红打卡地"。《安家》中的主角房似锦的老家，取景地就是逯家岭村。房似锦老家中发生的一系列闹剧，就是在村里的逯家大院拍摄的。逯家大院始建于清朝乾隆年间，建筑工艺精美，规制严谨，是村里保存最完整、占地面积最大、规格最高的传统院落。

  逯家岭村隶属济南市莱芜区茶业口镇，村北与章丘交界处是绵延的齐长城。逯家岭村海拔高度约为 820 米，是莱芜境内海拔最高的村庄，人们称它为"悬崖上的村庄"。由于这个村

逯家岭村（刘永明摄）

庄坐落于山岭的顶端，几乎没有发生过水灾，当地村民有句俗语："冲了泰山顶，冲不了逯家岭。"

逯家岭村的房子都是用山上的石块建的，村民们就地取材。依山而建的石头房、质朴的石板路、长长的石墙、斑驳的石块，让人感受到了传统村落的沧桑和古朴。当地人说，这里也是"云彩的家"，每逢大雨过后，山间云雾缭绕，缥缈虚幻，抬头是云，脚下也是云。

村里有一处引人注目的院落，就是孙阁老故居。

孙阁老，本名孙将翰，在明代万历年间曾经做过大官。村里至今流传着孙阁老知恩图报的故事。相传在明朝末年，孙将翰还没有出生的时候，他的父亲就因为生病离开了人世。怀孕的母亲无依无靠，身无分文。为了活命，也为了养活肚中的婴孩，母亲只得到处流浪。这一天，母亲流落到了逯家岭村，村民逯知民可怜她，虽然自己家中也不富裕，但还是将她收留了下来。

后来，孙将翰安全出生，在母亲和村民的关怀下渐渐长大。到了读书的年龄，孙将翰被送到了村里的私塾读书。虽然长相憨笨，但孙将翰勤学努力，坚持不懈。最终，功夫不负有心人，崇祯十三年（1640）的时候，孙将翰考中了进士，一鸣惊人。到了清代康熙元年（1662），孙将翰官拜大学士，位居高位，人们尊称他为"阁老"。

虽然位高权重，官禄丰厚，但孙将翰并没有忘记逯家岭村村民的收留恩德，更没有忘记村民逯知民的收养之恩。孙将翰特意拿出一大笔银子，请人精心设计，为逯知民建造了一座拥有二层小楼的院落。典雅精致的石台和石栏，显示了院落主人的身份和地位。

时代变迁，人心向善，孙阁老的感恩之举与村民的善行被传为佳话，世代流传下来。

4. 黄巢村里说黄巢

黄巢村位于济南市历城区柳埠镇西南，是为纪念唐末农民起义领袖黄巢而命名的。历史文献和实地考察证明，这里是黄巢屯兵、作战和殉难的地方。唐代时这里曾叫"大黄草峪"，俗称"黄草庄"。相传，黄巢率领起义大军在此战败后，人们为纪念他，将大黄草峪改名为"黄巢"。

黄巢率领起义军攻下长安后，建立了"大齐"政权。然而，终因没有全部歼灭关中的唐朝禁军，加之缺乏治国理政经验，没多久，黄巢便被迫退出长安，转战于泰山北麓的大黄草峪。

传说，黄巢曾来到了大黄草峪的狼虎谷。当时正值盛夏，天气非常炎热，已经几十天不下雨，庄稼多半枯死，河水断流，溪泉干涸，百姓吃水也有了困难。由于路上缺水，加上天气炎热，黄巢与士兵走得人困马乏，嗓子干得冒烟。黄巢的卫士为他四处寻水。在山脚下的一个沙坑里，恰逢有个老头捧着陶罐接水。看到士兵，老头吃惊地把陶罐紧紧抱在怀里。黄巢的卫士想要老头陶罐里的水，老头不同意，两下里发生了争吵。黄巢走过去问明情况后，就命令卫士不要和老头争执。原来，这沙坑里老半天才滴一滴水，为这点水老头已在这里守了一天一夜。他还告诉黄巢，他老伴儿卧病在床，儿媳妇又刚生产。北边那个村子井里有水，却让唐军霸占了，不让老百姓去挑，村里的百姓也都没有水吃。黄巢听罢老者的话，仰天长叹道："难道神州的大好河山真的就没水吗？"随后操起一杆大枪，在脚下的石头上猛戳了三下。没想到这三枪下去，竟戳出了三个井眼大的石洞。不一会儿工夫，泉水就打这三个石洞里涌了出来，成了三个水很旺的泉眼。因为这三个泉眼之间的距离在一步之内，人们都称之为"一步三眼井"。

黄巢率领起义军与唐朝军队在大黄草峪的狼虎谷激战了七天七夜，战场上血肉横飞，喊杀声不绝于耳。起义军寡不敌众，最终在狼虎谷的深沟里全军覆没。这条深沟从此被称为"死人沟"。无奈之下，黄巢命令外甥林言，将他的头颅斩下以示投降，待今后寻找机会东山再起。林言怎么忍心斩下自己亲舅舅的头颅呢？黄巢见外甥面带难色，二话没说，拔剑自刎。至今，村边的高山顶上还留有一个茶碗口大的窟窿，当地人叫它"旗杆窝"，传说是当年黄巢插大旗时留下的。另有一处水洼，传说是当年黄巢军马饮水的地方，百姓称其为"饮马泉"。

黄巢村还流传着许多与黄巢有关的故事。相传黄巢在村内的三官庙考虑作战计划时，被一簇酸枣针挂住了战袍，他随口说了一句："不长针刺不行吗？"从此这棵酸枣树就真的不长针刺了。黄巢村东南角一个小胡同口，有块形状像牛的石头，人称"卧牛石"。卧牛石蜷身而卧，头向南，背部光滑平整，尾巴安静地绕在身边，唯独没有牛角。相传起义军在村内驻扎时，有位小伙子早上牵着九头牛去山上放牧，傍晚回来时竟成了十头。而多出来的这头牛，体格健壮，毛色光亮，双角有力，村民们便认为这是一头神牛。后来起义军与唐兵在这一带展开了激战，这头神牛挺着利剑似的牛角冲入了敌阵，结果被唐兵将领砍掉了一只角。黄巢兵败以后，神牛冲着"死人沟"方向哀号了三天三夜后，化作了一头石牛。

端午节这天，黄巢村家家都会在门前插上艾蒿，据说这一习俗也与黄巢起义军有关。传说当年黄巢带领起义军举旗造反，观音菩萨知道后，为检验黄巢是否滥杀无辜，就变成八十多岁的老妇，肩背大孩子，手领小孩子，出现在了黄巢必经的山路上。黄巢在马上看见有妇人挡道，便下马问明情由。老妇人说："肩上背的是自己的孩子，手里领的是别人的孩子。你若杀我，必先杀我自己的孩子，别人的孩子就可乘机逃走了。"黄巢听后，跪在老妇人面前发誓道："黄某举旗造反，是为推翻腐败的朝廷，决不会滥杀无辜！"他从身边拔起一把艾蒿交给了老妇人，又说："明天一早把它插在你家大门上，我的将士就不会动你一根毫毛。"观音菩萨把黄巢的诺言告诉了附近的贫苦百姓。端午节这天，百姓家家门前都插上了艾蒿。起义军所到之处，秋毫无犯。

5. 双乳山村的济北王汉墓

1995 年 6 月的一天，济南市长清区双乳山村的一些村民正在村边的双乳山上开采石头，没有想到，一包炸药炸下去，石头没有炸出来多少，反而炸出了一些瓦片之类的东西。仅看样子，不像现代的，而是像古代的。

村民们简单了解了关于考古挖掘的政策，不敢怠慢，马上报告给了当地的文物部门。长清文物局也不敢疏忽，赶紧与山东大学考古系的专家联系。考古人员来到这个齐长城沿线的古老山村，进行了周密的部署后，开始展开抢救性的考古挖掘工作。

经过多方考证，专家们认为，这个陵墓的主人应该是济北王刘宽。他是汉高祖刘邦的玄孙，淮南厉王刘长的曾孙，济北贞王刘勃的孙子，济北式王刘胡的儿子。汉武帝天汉四年（前97），刘胡去世，刘宽继承了父亲的王位。当上诸侯王的刘宽，如同其他王族一样，开始着手寻找风水宝地，修筑自己的陵墓。这就是双乳山村的汉墓。

只可惜，还没等陵墓修建完毕，济北王刘宽就"东窗事发"，自杀身亡了。刘宽生性放荡，无法无天。父亲去世后，他看到父亲的王后和妃嫔长得很漂亮，竟然不顾辈分差异和人伦道德，与父亲的妃嫔私通。不仅如此，刘宽还把桐木削成当时的皇帝汉武帝的样子，按照巫术的做法，在桐木人的心脏、头顶等重要部位插上铁针，把它埋入地下，每天用恶毒的语言进行诅咒，希望汉武帝早日归天。很快，诅咒皇帝的事情就败露了，汉武帝下令将济北王刘宽抓捕归案。这下刘宽吓破了胆，就在即将遭到羁押的时候，拔剑自刎了。在位十二年的济北王刘宽走上了黄泉路。

考古工作人员在双乳山汉墓共计挖掘出两千多件文物，包括铜器、玉器、车马器等。其中最为珍贵的是一件玉覆面，它由额、颐、鼻、颌、耳等十八个部件组成，玉鼻罩透处雕刻着精美的云雷纹，堪称"国宝"。另外，此地还出土了二十枚金饼，这是全国一次性出土金饼重量最重的一次，竟然达到了八斤重。双乳山村汉墓被评为"1996年中国十大考古发现"之一。

而令人感到奇怪的是，汉代诸侯王墓中常见的黄肠题凑、金缕玉衣等高级规格的配置，在双乳山汉墓中却一直没有发现，这是为什么呢？学者们经过分析，认为原因主要在于，刘宽诅咒汉武帝被发现后畏罪自杀，已经失去了厚葬的资格。再加上他与父亲的妻妾私通，道德败坏，这对以"孝"治天下的汉王朝来说，简直是大逆不道。皇帝决不允许用象征美德的玉进行陪葬，更不要说穿金缕玉衣了。所以，双乳山汉墓中没有出土黄肠题凑、金缕玉衣。

双乳山汉墓是所有已经发掘的汉代诸侯王墓中唯一没有被盗的一座诸侯王汉墓。双乳山村路边立有一块"封山石碑"，碑文上写着："庄前旧有双乳山一座，虽非出名大山，庄中赖以平安。凡接脉之处与庄内有关，相传如有开动接脉之处，庄中即出不意之祸。是以屡次禁止多年，无人开动取石。"意思是说，双乳山是庇佑村民的神山，如果有人擅自凿山开石，灾祸就会降临到村民身上。所以很长一段时间内，没有人敢在双乳山上开采矿石，更没有人知道这里竟然埋藏着一座汉墓，因此也就避免了双乳山汉墓被盗。

6. 卧云铺村的戒赌碑

"黄赌毒"社会危害极大，人们对此历来深恶痛绝。莱芜卧云铺村中央立着的那块戒赌碑，向人们诉说着一段不平凡的往事。

光绪十年（1884）的冬天，天寒地冻，漫天雪舞。傍晚时分，卧云铺村闫文智家的大门被六个外地人敲开了，他们请求道："大爷，我们几个人到淄川办事，天黑路滑，风雪太大，实在过不了风门道关了。我们想在您这里借宿一下，不知道行不行？"闫文智是村里出了名的大善人，就让这六个人住了下来。

可没有想到的是，这六个人竟然是一伙嗜赌成性的赌徒。他们到处聚众赌博，以通过出老千等手段骗钱为业。很快，村里的一些年轻人经不住诱惑，渐渐迷上了赌博，导致家庭争吵不断，妻离

卧云铺村（牛国栋摄）

子散。虽然那六个赌徒被闫文智等村中领头人合力赶出了村子，但村里那些年轻人的赌博习性却没有改变，甚至为了赌资而大打出手，差点儿引发人命官司。

大年三十的晚上，村中德高望重的老人王振太等人，召集全体村民聚在一起，共同协商村里年轻人戒赌的事情。王振太语重心长地说："乡亲们，想想村里没人赌博的时候，咱们村男耕女织，夫唱妇随，路不拾遗，夜不闭户；再想想村里人染上赌瘾后，明抢暗偷的现象经常发生，几个家庭甚至因赌博而妻离子散，倾家荡产。赌博这种恶习在咱们村已经到了非杀不可的地步了。"年轻的赌徒们懊悔不已，纷纷表示会立即金盆洗手。闫文智趁热打铁地说："我们说做就做，就从明天开始禁赌。一旦发现赌博，就没收赌金，并报官处理。"赌徒们全部赞同这种做法。王振太随即提议说："这几个月来，因赌而偷的现象很多，赌博、偷窃一起戒。我们立块碑，碑额刻上'万古流芳'四个大字，立在最显眼的地方，无论穷富，无论势力大小，家家执行，人人遵守。"

很快，禁赌戒偷作为卧云铺村的"村规民约"，内容被雕刻在了石碑上，石碑立在了村里最明显的位置，并求得了莱芜知县的支持和批复。碑文里说，去年的时候，村外的人带来了赌博的恶习，导致村里有人染上了赌博的毛病，甚至因为赌博而斗殴，险些闹出人命官司，致使全村老少处在惶惶不安之中。这对于全村人来说是非常不利的，大家经过商议，一致认为从正月初一开始，村内不准再赌钱。如果不遵守这一规定，再行赌博者，人人都可以制止赌局，并把赌博之人抓起来送到官府治罪。

碑文明确规定，若有屡禁不改者，从严处理，有效遏制了卧云铺村的赌博和偷盗之风，村风民风大有好转。为了让村民时时记住赌博的危害，王振太等人特意请私塾先生编写了《戒赌歌》，让私塾的学生们学唱，天天回家唱给大人们听。《戒赌歌》唱道："世人莫赌钱，赌钱没脸面。不管贫富贱，人人见了嫌……还债把孩卖，妻嫁家庭散。冻死无人管，荒郊成狼餐。下场如此惨，不信去访谈。千万听人劝，莫沾赌场边。"歌词朗朗上口，通俗易懂，很快就传遍了全村。

为了防止赌博、偷盗之风死灰复燃，更为了丰富村民们的精神生活，活跃乡村文化，王振太与各姓宗族领头人带头捐钱捐物，买来服装、道具，从章丘县城请来教戏的老师教村民们唱戏、演戏。村中成立了业余剧团，逢年过节就搭台唱戏。

自此以后，赌博现象在村里完全绝迹，村风得到了根本改变，村民素质得到了极大提升。乡亲们农忙时日出而耕，日落而息，农闲时谈戏、排戏、练戏、演戏，卧云铺村人形成了勤劳、团结、感恩的优秀品格。

如今的卧云铺村，被划归到了卧云铺文化旅游景区，与上法山、中法山、下法山和逯家岭五个村分布在贯穿茶业口镇北部的齐长城沿线上，被人们称为"一线五村"。卧云铺村先后被评为中国传统古村落、国际美丽乡村、山东省旅游特色村。2021 年 4 月，卧云铺村被山东省文化和旅游厅选为首批山东省景区化村庄。

7. 叶知县与娘娘庙村

齐长城上有个著名的关隘叫"锦阳关"。锦阳关南侧有个村子叫"娘娘庙村"，现在隶属济南市莱芜区雪野街道，位于莱芜区与章丘区的交界处。但在三百五十多年前，这个村不叫娘娘庙村，当时这里根本没有村庄，也没有老百姓住在这里。这个村子是凭空出现的一个村庄。这个村庄的出现，与叶知县相关。

叶知县，名叶方恒，字嵋初，号学亭，江苏昆山人，康熙八年（1669）出任莱芜知县。当时的锦阳关长城岭一带归莱芜管辖。在莱芜任知县时，叶方恒关注老百姓的生活，经常到田间地头去跟老百姓拉家常，尽力帮助解决生活问题。几年的时间，叶方恒的足迹几乎踏遍了莱芜的山山水水。

康熙十一年（1672）的秋天，叶方恒带着随从从济南府出差回来，走在锦阳关长城岭一带，一路上满目荒凉，前后没有看到几个行人。来到了锦阳关前，叶方恒看到四处荒芜人烟，雄关衰落，不禁抚远追思，伫立良久。

几经打听，叶方恒了解到，锦阳关长城岭一带是齐鲁的交通要道，这里曾经设置过一处驿站，但明代永乐十八年（1420）的时候就废除了。官驿废止了，长城岭一带本来就人烟稀少，再加上社会动荡，明清易代，锦阳关南北二十余里的地方便成了官府管不到的地带。多年以来，这里劫匪、流寇横行，商旅、行人们走到这个地方，心中都惶惶不安，生怕把命搭在这里。百姓之间甚至流传起了"宁走九江口，不走锦阳关"的说法。

回想长城岭和锦阳关曾经的辉煌，叶方恒决定重新振兴锦阳关一带，吸引民众前来定居，开荒种地，发展经济，恢复交通。一番谋划之后，叶方恒派人拟好"招民告示"，四处张贴，广而告之。告示上把长城岭的安民政策写得清清楚楚、明明白白：凡是前来定居者，荒田任由开垦耕种，很长时间内不用缴纳赋税；定居时的建房费用，县衙负责给予一半的补助等。

如此优惠的招揽定居条件，很快就吸引了附近的百姓。最先来长城岭的，是济南府历城高家庄一户叫高炳的人家。因为家乡遭遇水灾，高炳一家想着长城岭地势高，一般不会遇到水灾，就迁了过来。紧接着是锦阳关以南三十里处莱芜县东抬头村一户叫张琨的人家。此后，陆续又有三户人家迁居过来。这五户人家，就组成了锦阳关一带的一个新的村庄。这几户人家在长城岭新村附近努力开垦荒地，勤奋耕种，种田的收入养活一家老小绰绰有余。

知道这些情况之后，叶方恒非常高兴，提笔写成《长城岭新村记》一文，并命人刻成石碑，立在村旁，让来往的人们知道村庄事情的始末。可以看出，作为一位地方官员，叶方恒知县对百姓有着真挚的爱护之心，一定程度上发展了地方经济，保障了社会秩序的稳定。从那以后，锦阳关的长城岭上蔓草不再，虎狼远遁，劫寇匿迹，商旅和行人逐渐增多，再也不用担心行路的安全了。

长城岭的这座新村建立不久，又有几户人家搬迁过来成为新的村民，后来共计有十个姓氏的人们定居在村里。因为修建房屋的费用由县衙补贴一半，村子被称为"十姓官庄"。后来，村内建了一座供奉碧霞元君的庙宇，香火十分旺盛。碧霞元君又被称为"泰山老奶奶"或"泰山娘娘"，该庙被称为"娘娘庙"，村名也改为现在的娘娘庙村了。2016年，娘娘庙村入选了第三批山东省传统村落。

除了建造长城岭的这个新村庄之外，作为莱芜知县，叶方恒还创建了"正率书院"，教育学生多读诗书，提高个人修养，对其进行引导教化。农闲时节，叶方恒又带人多方调查，采访资料，修成《莱芜县志》。叶方恒任职莱芜期间，推动了当地经济和文化的发展。

时光荏苒，斯人已逝，但历史并不如烟随风而逝，锦阳关附近娘娘庙村的村民，没有忘记叶方恒知县，莱芜人民也没有忘记叶方恒知县。

8. 和尚房村名字的由来

位于齐长城脚下的淄博市博山区域城镇和尚房村，山奇水秀，群山环抱，具有独特的原生态乡村气息。2022年10月，和尚房村（红叶柿岩景区），入选长城主题国家级旅游线路——长城古村名镇寻访之旅。

初次听到和尚房村村名的人，大概会因"和尚"两个字产生疑问。一个风景优美的村子，为什么要用"和尚"来当作村名呢？该村之所以叫和尚房村，据说与当地的两个历史名人有关。

一个是一代帝师孙廷铨。据说当年，为了躲避权臣鳌拜的

齐长城和尚房秋日风光（宗海潜摄）

欺压，孙廷铨辞官回到老家博山，隐居在柿岩的禹年山庄，不问世事，潜心著述。孙廷铨非常喜欢老家的这个地方，经常邀请三五好友前来游玩。孙廷铨寄情于山野林泉，徜徉于名胜山川，每天过得逍遥自在，无忧无虑。孙廷铨注重修身养性，他心无旁骛，不再关心政事，就如同出家的和尚一样。因此他所隐居的地方的"柿岩"之名便逐渐被"和尚房"的称谓所取代。

另一个人是明末清初的博山籍官员孙之獬。据传，孙之獬辞官回乡之后，生性多疑的皇帝对他一直放心不下。半年之后，皇帝特意差人扮作化缘的和尚查访他的行径，看看他是否有不轨的心思和行为。这件事情被族人孙廷铨知道了，就连夜差人告诉孙之獬，让他早做准备。孙之獬便在柿岩不远处修建了一座寺庙，并吩咐众人，如果有人来打听这里的地名，就回答说和尚坊。没过几天，化缘的和尚查访到了柿岩，便问这里是什么地方，众人都回答说和尚坊。化缘的和尚以为孙之獬真的出家做了和尚，也就不再继续查访下去，回到京城禀明了皇上，说孙之獬回老家当了和尚。从此以后，朝廷里再也无人谈及孙之獬了。和尚坊这个名字因此流传了下来。

乾隆十八年 (1753)，《博山县志》中记载，柿岩在博山县城往西二十里的地方，也叫作"鹿岭"，俗语称为"和尚坊"。因为在发音的时候，"坊"与"房"系谐音字，所以后来演变成为"和尚房"。

和尚房村的历史十分悠久，《般阳孙氏长支家谱》中记载，九世祖孙公稔较早定居在和尚房。这里提到的孙氏家族的九世祖孙公稔，在乾隆四十一年（1776）的《淄川县志》里有相对应的记载，其中提到，孙公稔，字丰侯，因为不愿意参加科举考试，不愿意做官，于是离开了祖居的地方，在风景秀丽的西山附近，盖了几间茅屋定居下来。由此可以知道，和尚房立村于清朝之前，是一个有着悠久历史的传统村落。

9. 梦泉村与涌泉村

淄博市淄川区太河镇的梦泉村和涌泉村，都位于太河水库上游的"幸福溜"，都是国家级传统村落，分别位于劈山齐长城的两侧，可谓是不折不扣的"姊妹村"。

梦泉村是中国北方罕见的"长寿村"，现在仍然完好地保存着康熙年间的村碑。该村三面环山，风景宜人，植被茂密，山花烂漫。村内有劈山齐长城、古兵营、孙膑梦泉等遗址，还有孟姜女哭长城处，近年又修建了孟姜女庙。村中七十岁以上的老人，大多都会吟唱《孟姜女十哭长城》小调。

相传战国时期，孙膑与庞涓在马陵道激战了三天三夜，庞涓失败，自刎身亡。孙膑随后率军凯旋，途经一个村落时，全军将士感到口渴难耐。孙膑即命部下原地休息，自己则躺在一块巨石上，不一会儿就进入了梦乡。梦中见一仙翁自南边飘然而至，告诉孙膑说此地有一神泉，泉水可供将士们饮用，说完便翩然而去。

孙膑醒来，甚感蹊跷，立即吩咐士兵按照仙翁指点的方位挖掘，不一会儿，果然见一清泉，泉水汩汩流出。将士们尝了尝，泉水甘甜，沁人心脾。孙膑慌忙率士兵向天叩拜，并挥剑写下"梦泉"二字，梦泉村由此而得名。

涌泉村坐落在涌泉齐长城风景区内，是一个有着几百年历

淄川梦泉（唐加福摄）

史的山村。那里群山环绕，绿树成荫，风景优美，电视剧《马向阳下乡记》就是在那里拍摄的。

涌泉村于明代中期立村，最初因为村南一山路曲折十八弯，村名就叫"十八盘"。清初因为村东西各有一红土岭，改村名为"烧土庄"。1952 年，因村南有一泉，村民们又多为于姓，改村名为"永泉村"，取"鱼（于）水情深"之意。20 世纪末，因传说孙膑曾喝过这里的泉水，并且把此泉水命名为"涌泉"，于是改村名为"涌泉村"。长久以来，涌泉村一直流传着孟姜女与劈山齐长城的故事。村民还把故事编成了民歌，经久传唱：

姜女寻夫到劈山，千里迢迢路艰难，秋雨涟涟风瑟瑟，饥寒交迫昏道边。

恩公孟氏来相救，再生孟姜在人间，滴水之恩涌泉报，粒米之情满囤还。

茅屋留下孟姜女，洗衣做饭碾磨转，劈山常叹孟姜情，涌泉传唱孟姜缘。

惊闻夫君修城死，孟姜哭到劈山关，悲痛欲绝泪如雨，泪尽血出感苍天。

天崩地裂雷声响，天河倾喷长城断，雨过天晴艳阳天，一道彩虹恋劈山。

孟姜化神乘鹤去，留下佳话伴涌泉，齐长城下孟姜庙，香火袅袅世代传。

10. 穆陵关前孟母村

孟母断机救子图（清代既济生绘）

孟母村在行政区划上属于临沂市沂水县杨庄镇，位于穆陵关以南约二十公里处。顾名思义，"孟母村"这个名字与"亚圣"孟子的母亲有关。

孟子的父亲名叫孟激，孟子的母亲人称仉氏。孟子三岁的时候，父亲孟激因病去世。迫于生活，孟母带着孟子到处流浪，靠自己辛苦地织布来补贴家用。孟母知书达理，非常清楚生活环境对孩子学习的重要影响。为了给孟子创造更好的学习氛围，孟母不惜多次搬家。汉代刘向在《列女传》中详细记载了孟母教子的事迹，孟母"三迁择邻""断机育学"等佳话流传至今。孟子没有辜负母亲的悉心教导，成为儒家学派的知名代表人物,最终成为仅次于孔子的一代"亚圣"。孟母就此成为育儿方面的典型人物,被世世代代的家长视为模范。古代启蒙教材《三字经》中就说:"昔孟母,择邻处;子不学,断机杼。"

孟子长大学成之后,在齐国的临淄任职,孟母也跟随儿子在此居住,并在临淄去世。母亲去世后,孟子遵从母亲的遗愿,回到母亲的故里仉林(今沂水县孟母村)安葬母亲。按照当地的风俗,嫁出去的女儿死后不能回娘家安葬。于是,孟子就选择了离仉林不远的地方安葬了母亲。这个地方东、南、西三面被沭河环绕,北面靠着石花山,是一块绝佳的风水宝地。

后来,由于孟子和孟母在历史上的重要地位和重大影响,明清时期当地政府官员在孟母埋葬处修建了孟母祠。后来这个地方逐渐形成了村落,即今天的孟母村。孟母村因有孟母墓、孟母祠而得名。

明代万历年间,沂水县知县马之图知道管辖境内有孟母墓,就来到墓前进行拜祭。经过询问,马之图得知,九十多年前曾在沂水县任职的马姓和袁姓两位官员,想要在孟母墓附近修建孟母庙。还没等修好,两位官员就调任到其他地方了。马之图看到孟母墓前有山有水,有树有草,环境十分优美,认为这确实是孟子为母亲选择的安息的好地方。于是,马之图招募乡民,重修了孟母庙。为了保证孟母庙能按时得到祭祀,他又捐出了自己的俸禄,买了三十亩良田作为祭田,种田的收入作为守护孟母庙人员的生活来源和买祭品的花费。马之图专门写了《新建孟母庙记》,详细地说明了沂水县孟母墓、孟母祠的位置,重修孟母祠的目的及此次修葺的费用来源。记文的最后，马之图再次提及，重修孟母庙的目的是纪念孟母的贤良淑德，及引导教化百姓从孝从善。

有一些文人雅士慕名来这里瞻仰和拜祭孟母墓，留下了许多吟诵的诗篇。清代青州官员张能鳞写有《孟母墓》，诗曰："战国多游说，谁宗周道东。维天生亚圣，禹绩大其功。极力排邪说，潜思体致中。溯源孤早岁，失怙苦孀穷。决断裁机杼，频迁近学宫。慈闱溺爱少，严训义方同。子显亲由贵，诣高德益隆。齐梁倾厚币，仁义动诸公。间世贤豪出，当时仪衍空。百年终内范，五鼎动哀衷。礼得非观美，财余岂吝丰。苍烟迷古墓，白雪老疏桐。听远猿啼树，情深水咽风。芳名垂奕楼，难报母恩洪。"诗中追忆了孟母辛苦抚育孟子的过程，"断机杼""频迁住所"的行为再次被提及，认为这是母亲疼爱孩子的正确方式。最终，孟子以"子显"名扬天下对母亲尽孝，而从孝道来看，孟子还是"难报母恩洪"。在张能鳞看来，连圣人都对母亲的生育、养育之恩难以回报，更别提一般人了。这更提醒人们要好好地孝敬父母，赡养父母。

如今，孟母村依托孟母故里的传统文化优势，每年正月十六举办"孟母文化节"，还修建了"孟母文化民俗馆"，成立了"孟母文化促进会"，大力挖掘孟母文化的底蕴，积极传承优秀家风。

11. 刘勰故里大沈庄

日照市莒县东莞镇大沈庄，又称"大沈刘庄""沈刘庄"，位于莒县长城岭下，是南北朝时期的文艺理论家刘勰的故里。

大沈庄位于四面环山的小平原上，是千里潍河南源石河的发源地，自古以来就是风水宝地。村南是文山，是为纪念刘勰著作《文心雕龙》而命名的；村北是武山，又称"屋山"或"五山"。

按照中国民间的惯例，村落的命名往往与聚居者的姓氏有很大的关系。但大沈庄名称当中带"沈"字，村中却无一人姓"沈"，95%以上的人姓刘，是何原因？原来，"沈"字是为了纪念刘勰的文友、举荐刘勰的南北朝官员沈约而取的。

刘勰自幼聪明好学，但是家境贫寒，没钱请先生教书。有一天，一老僧化缘来到了刘家门前，见刘勰生相不凡，才气过人，料其日后必成大器，遂嘱咐他要好好读书。可是刘勰家里穷得叮当响，哪里有钱读书？老僧见状摇头叹息。最后，征得其父母同意，他把刘勰带到了寺庙抚养。刘勰从此师从于僧，发奋学习。他平时话语不多，但记忆力惊人，只要师傅教过的书，他都能牢记在心，甚至没有教过的他也能无师自通。

成年后，刘勰做了一个地方小官，但他无心当官，只想著书立说。他整天非读即写，一气完成了《文心雕龙》五十篇。他把书送给师傅看，师傅看后连说好文章。他又把书送给朋友看，朋友看了也都说写得好。于是，刘勰决定把此书献给朝廷。

一天，刘勰将五十篇文稿用包袱包好，背在肩上，直奔京城而去。风尘仆仆地到达京城后，刘勰献书心切，全然不顾饥饿和劳累，不顾自己的衣着打扮，就奔皇宫而去。他刚来到皇宫门外，就被守门的御林军挡住了，吃了闭门羹。一连几次，刘勰进宫献书的愿望都没有实现。多日劳累，饥寒交迫，刘勰昏倒在了路边。

过了许久，有一位白发老者路过此处，见此情景，便把刘勰领回了家中。水足饭饱之后，刘勰说明了来历。老者便告诉他道："你这身打扮是绝对进不了宫的，要是能见到大学士沈约就好办了。因为他特别喜欢有文才的人，又深受当朝皇帝的宠爱，你不如请他引荐你的文章。"然后，老者又将沈约的长相及他何时进宫、路经何处、坐什么轿子等都一一告诉了刘勰，示意刘勰一定要把沈约的轿子拦住，让沈约看一看文稿。

第二天一早，刘勰就按老者的指点，背上文稿在沈约进宫的路上等候。过了一会儿，沈约的轿子果然来了，刘勰迫不及待地上前拦住了轿子。两个开路护卫见有人拦住轿子，非常生气，一边大声呵斥，一边上前把刘勰推倒在了路旁。结果五十篇文稿从包袱里飞了出来，撒了一地。这时，轿内的沈约听到了外面的动静，探出头来一看，只见书稿满地翻飞，便走下轿来，顺手捡起几页浏览了一番，惊讶地说："好文章，好文章！"于是问刘勰："这书是你写的吗？"刘勰说："是。"接着沈约又问刘勰是哪里人，到哪里去，刘勰都一一作了回答。沈约热情地说："稍等片刻，再到我家叙谈。"沈约将刘勰邀至家中，将五十篇文稿全部读完后，连连称赞道："高见！高见！真是难得的人才啊！"从此以后，沈、刘二人天天坐在一起谈古论今，纵论天下文章，成了知心朋友。

经沈约在皇帝面前推荐，《文心雕龙》一书很快问世，一下子惊动了世人，从此刘勰名扬四海。刘勰成名后，不忘祖上功德，专程回莒县东莞老家看望家人。全村父老都夸刘勰有本事，可是他说："要是没有当代文坛圣杰沈约的举荐，就没有我的今天。"村里人为感谢沈约，特地将刘庄改名为"沈刘庄"。自此，沈刘庄的名字就流传了下来，后来更是改名为"大沈庄"。

大沈庄有棵古银杏树，据说是汉代的，已有两千多年的树龄。也有人说是刘勰当年在他家门前栽下的，以示把根留住。

参考文献

[1] 王志民主编：《齐文化概论》，山东人民出版社1993年版。

[2] 中共山东省委党史研究室编：《血肉长城——山东人民抗日战争史实精选》，山东人民出版社1995年版。

[3] 中共山东省委党史研究室、中共诸城市委著：《王尽美传》，红旗出版社1998年版。

[4] 莱芜市政协文史资料委员会编：《莱芜文物》，齐鲁书社1998年版。

[5] 路宗元主编：《齐长城》，山东友谊出版社1999年版。

[6] 张华松著：《齐文化与齐长城》，中国戏剧出版社2000年版。

[7] 宣兆琦著：《齐文化发展史》，兰州大学出版社2002年版。

[8] 张华松著：《齐长城》，山东文艺出版社2004年版。

[9] 景爱著：《中国长城史》，上海人民出版社2006

年版。

[10] 潘海涛主编：《走近齐长城》，山东友谊出版社2007年版。

[11] 李玉洁著：《齐国史》，新华出版社2007年版。

[12] 于德普主编：《风雨齐长城》，山东省地图出版社2008年版。

[13] 胡德定著：《齐长城寻迹》，山东美术出版社2010年版。

[14] 孙覆海、李小千主编：《探秘齐长城》，青岛出版社2010年版。

[15] 张建东、黄平主编：《金戈古韵齐长城》，齐鲁电子音像出版社2011年版。

[16] 张华松、王绪和著：《齐长城漫话》，济南出版社2013年版。

[17] 蔺开庆主编：《淄川文化遗产》，齐鲁书社2013年版。

[18] 齐焕美、于建华著：《图说齐鲁地名文化》，青岛出版社2013年版。

[19] 李军勇著：《颜山漫记》，北京燕山出版社2014年版。

[20] 于民著：《穆陵关史话》，中国言实出版社2015年版。

[21] 山东省旅游局等编：《齐长城历史文化研究》，光明日报出版社2016年版。

［22］张玉坤等主编：《中国长城志：边镇·堡寨·关隘》，江苏凤凰科学技术出版社 2016 年版。

［23］张宗发编著：《青石关的传说》，南方出版社 2017 年版。

［24］任会斌著：《齐长城研究》，湖南人民出版社 2017 年版。

［25］山东省政协文史资料委员会编：《记忆山东：记忆齐长城》，山东人民出版社 2017 年版。

［26］山东省文物局等编著：《齐长城资源调查工作报告》，文物出版社 2017 年版。

［27］孙芳著：《山东村落山野研究丛书·黄巢村》，山东大学出版社 2018 年版。

［28］山东省古建筑保护研究院编著：《齐长城遗址保护与研究》，齐鲁书社 2020 年版。

［29］山东省莱芜市政协文史资料委员会编：《莱芜战役亲历记》，中国文史出版社 2020 年版。

后 记

　　《丛书》的编纂，是在山东省委宣传部直接领导下完成的。省委常委、宣传部部长白玉刚同志统筹策划部署，并担任编委会主任，多次主持召开编委会会议，提出明确目标要求和指导意见。省委宣传部分管日常工作的副部长、省文明办主任、省新闻办主任袭艳春同志对本书的立项出版、风格设计等方面提出了许多宝贵意见。在魏长民、毕司东、程守田、张同海、冷兴邦等同志的大力指导支持下，以教育部人文社科重点研究基地山东师范大学齐鲁文化研究院为学术挂靠单位，组建了《丛书》编纂学术委员会，具体负责编纂工作。山东师范大学特聘资深教授王志民任主任，山东大学儒学高等研究院教授杨朝明、中共山东省委党史研究院原一级巡视员韩延明、鲁东大学原副校长刘焕阳任副主任，全省相关高校、科研单位的 15 名学者为委员。

　　编纂过程中，《丛书》被列为山东省社科规划 3 个重大委托项目和 16 个一般项目。杨朝明为传统文化重大项目组首席专家，韩延明为红色文化重大项目组首席专家，刘焕阳为河海文化重大项目组首席专家。编委会经反复研讨，制定了《编撰体例》《编撰指导意见》；在省委宣传部支持下，采取主任统一领导与首席专家具体负责相结合的方式，认真落实各卷主编为质量第一责任人、首席专家和学术委员为主要质量把关人的运作机制；多次召开线上与线下、全体与分组相结合的研讨会，对提纲设计、样稿研讨、通稿审稿等关键环节，深入研讨、反复审议，编委会与全体编纂人员团结合作、齐心协力，付出了艰辛劳动。山东文艺出版社提前介入，对编纂工作和撰稿体例等提出了许多宝贵意见。在此，我们谨向为《丛书》编纂付出心血的各位领导、专家、作者和所有相关同志们表示诚挚感谢！

本册编纂，得到首席专家杨朝明教授和学术委员刘德增教授、周郢教授、耿振东教授、刘续兵教授、宋立林教授的悉心指导，并得到山东理工大学社会科学处、齐文化研究院的大力支持。主编巩曰国教授全面负责本册的编纂工作。具体撰稿分工如下：王雁教授负责"齐长城的营建"和"齐长城与孟姜女"，邱文山教授负责"齐长城下名人多"和"齐长城边古战事"，张艳丽副编审负责"齐长城的关堡""齐长城沿线古村落"和"齐长城红色记忆"，"齐长城下名人多"和"齐长城沿线古村落"中的部分故事由王雁撰写。编写过程中，张艳丽副编审做了大量辅助工作。

由于水平和条件所限，不妥之处在所难免，欢迎有关专家和广大读者批评指正。

编者

2023 年 8 月